POSSÉDÉE PAR SES PARTENAIRES

PROGRAMME DES ÉPOUSES
INTERSTELLAIRES ® : TOME 3

GRACE GOODWIN

Possédée par ses partenaires

Copyright © 2017 by Grace Goodwin

Tous Droits Réservés. Aucune partie de ce livre ne peut être reproduite ou transmise sous quelque forme ou par quelque moyen que ce soit, électronique ou mécanique, y compris photocopie, enregistrement, tout autre système de stockage et de récupération de données sans permission écrite expresse de l'auteur.

Publié par Grace Goodwin as KSA Publishing Consultants, Inc.
Goodwin, Grace

Possédée par ses partenaires

Dessin de couverture 2020 par KSA Publishing Consultants, Inc.
Images/Photo Credit: Deposit Photos: nazarov.dnepr, magann

Note de l'éditeur :
Ce livre s'adresse à un *public adulte*. Les fessées et toutes autres activités sexuelles citées dans cet ouvrage relèvent de la fiction et sont destinées à un public adulte. Elles ne sont ni cautionnées ni encouragées par l'auteur ou l'éditeur.

BULLETIN FRANÇAISE

REJOIGNEZ MA LISTE DE CONTACTS POUR ÊTRE DANS LES PREMIERS A CONNAÎTRE LES NOUVELLES SORTIES, OBTENIR DES TARIFS PREFERENTIELS ET DES EXTRAITS

Cliquez ici

1

Leah

J'essaie de réprimer mes émotions. Je fais de mon mieux, la bite me pénètre, c'est vraiment trop bon. J'essaie de lutter contre *lui*, mes poignets sont attachés avec des menottes en cuir. Je suis à quatre pattes, mon corps appuyé contre une étrange table rembourrée. Mes menottes sont reliées à des anneaux situés en contrebas, m'empêchant tout mouvement. Je tire dessus une fois, puis deux, ça ne donne rien. J'ai le cul en l'air, la queue de mon partenaire est profondément enfoncée en moi. J'ai l'impression d'être attachée sur un étrange cheval d'arçon pendant qu'on me *chevauche*. Je suis totalement à sa merci, je ne peux que succomber au pouvoir de ce corps qui me possède.

Sa verge est de chair et de sang—très dure et très

épaisse—il s'en sert comme d'une arme pour que j'obéisse. Lorsqu'il m'aura remplie avec sa semence, que son sperme enduira mon vagin, mon utérus, tout retour en arrière sera impossible. Je meurs d'envie de le toucher et de le goûter. J'ai *besoin* qu'il me pénètre, qu'il me prenne, qu'il me possède. Il m'écartèle savamment, mon cul me brûle à cause de sa fessée, j'ai la chatte en feu avec ses mouvements de langue étudiés, je ne vais pas pouvoir lui résister bien longtemps.

J'avais peur au début. J'ai envie de lui maintenant. Ardemment.

Il n'est pas cruel : plutôt le contraire en fait. Tandis que le sexe de mon partenaire se fraye un passage en moi, il me pénètre entièrement par derrière, encore et encore, impossible de bouger. Je lui appartiens désormais. Il me possède, corps et âme, il est fort, c'est un guerrier. Il me protègera. Et me baisera. Il me maintient d'une poigne ferme, il me procure du plaisir, la sécurité, un foyer. Ces pensées tournent en boucle dans ma tête tandis que cet homme puissant me fait sienne, son membre envahit inlassablement mon corps tandis que je l'accueille.

Ses grosses mains effleurent mon corps, il se penche, sa chaleur de guerrier m'enveloppe, je vois ses doigts tandis que je suis menottée à la table. Plus il me pénètre, plus il m'empoigne fermement par les hanches, ses phalanges blanchissent.

Son torse glissant se plaque sur mon dos, il me cloue sur la table, j'ai la sensation d'être piégée. Je n'arrive même pas à faire abstraction de sa respiration saccadée et de ses gémissements de plaisir puisqu'il est tout contre mon oreille.

« Tu me sens ? » rugit-il, il ondule des hanches et frappe au fond de mon vagin avec son gland dur. Il excelle pour atteindre ces zones sensibles et secrètes qui me font frémir de plaisir, mon esprit s'abandonne, ma soumission est totale. Personne ne me fait cet effet. Personne ne m'a jamais procuré un tel plaisir.

Installée sur le banc, mes seins pendent, j'ai hâte qu'il me touche. Mon clitoris est gonflé, il suffirait qu'il l'effleure pour que je jouisse. Mais il n'en fera rien. Il va attendre que je n'en puisse plus, que je le supplie.

Je ne peux m'empêcher de laisser échapper un « Oui » essoufflé. Le bruit humide de l'acte sexuel—signe évident de mon excitation—emplit la pièce.

« Tu avais peur de ma queue mais elle ne te procure que du plaisir. Je t'avais bien dit que j'arriverais à rentrer, qu'on irait parfaitement ensemble. » Il parle et me baise en même temps. Comment peut-il aussi bien connaître mon corps alors que nous baisons pour la première fois ? Je n'ai jamais joui grâce à une bite auparavant, seulement en masturbant mon clitoris seule dans mon lit. Mais voilà qu'on m'en empêche. Mon partenaire insiste pour que je ne jouisse qu'avec sa permission. Si je ne respecte pas cette règle, il me frappera durement. Je lui appartiens, je dois jouir en fonction de son bon vouloir, de sa langue, de sa main, de sa grosse bite ... voire pas du tout.

« Ton plaisir m'appartient.
– Oui.
– Tu m'enserres.
– Oui, » criais-je, je me contracte sur sa bite. C'est tout ce que j'arrive à dire, je ne contrôle plus rien. Je suis

totalement en son pouvoir, je veux faire tout ce qu'il exige.

« Tu ne jouiras qu'avec ma permission. » Il caresse mes seins, doucement d'abord, puis il tire dessus et les pince, je pleurniche tandis qu'il me pilonne vigoureusement. C'est un mélange de plaisir et de douleur, j'adore ça. « Tu m'appartiens. Ta chatte m'appartient. »

« Oui, » répétais-je encore et encore.

Il continue de me chevaucher, il me baise, il me pénètre, il me prend. Il me possède. De plus en plus profondément, je rejette ma tête en arrière et m'agrippe désespérément aux poignées, mon cœur est sur le point d'exploser. Je n'arrive plus à respirer. Je ne peux plus penser. Plus respirer. Plus résister. Je suis ici … ici. Mon partenaire effleure ma hanche, ma chair douce et touche mon clitoris. Il en fait le tour avec ses doigts, le son qui s'échappe de ma gorge est le cri d'une créature agonisante, perdue et dans tous ses états. Rien d'autre n'existe que son corps, sa voix, sa respiration, son souffle.

« Jouis maintenant, » ordonne-t-il, son sexe bouge tel un piston, ses doigts branlent mon clitoris vigoureusement et sans pitié.

Mon orgasme explose, je n'ai pas le choix. Je ne peux pas y résister. Je ne contrôle rien. Je ne suis plus moi-même, je lui appartiens. Je hurle mon plaisir et jouis sur sa verge, je m'enfonce plus profondément sur lui, je le garde en moi. C'est comme si mon corps extrayait son sperme, que j'en mourrais d'envie.

Mon excitation le stimule, il bande et devient encore plus gros, il rugit à mon oreille, des giclées de sperme chaud m'envahissent. Mon corps trait sa bite de tout son sperme, je l'accueille profondément en moi.

Comme il l'a promis, quelque chose dans son sperme génère une réaction physique en moi, je jouis pour la deuxième fois.

« Oui, mon amour. Oui, prends la moindre goutte. Ton corps change. Il me connaît. Il a besoin de moi. Tu me supplieras pour sentir ma bite ; tu vas mourir d'envie de mon sperme. Tu vas en avoir besoin, l'adorer, autant que j'en ai besoin et que je t'aime.

– Oui ! » je crie à nouveau, ce qu'il dit est vrai. Une immense vague de plaisir me submerge, part directement dans ma chatte et ailleurs. Il a raison ; maintenant que je sens son pouvoir, ce qu'il peut m'apporter, je suis devenue son esclave. Esclave de sa queue.

« Mademoiselle Adams ?

– Oui, mon rêve se mêle à l'instant présent.

– Mademoiselle Adams, votre test est terminé. »

Je secoue la tête. Non. J'étais attachée sur un banc, on était en train de me baiser et j'étais remplie de sperme. Je vais rester là. J'en veux ... encore.

« Mademoiselle Adams ! »

La voix est forte et sévère. Je me force à ouvrir les yeux.

« Oh, mon Dieu, » je halète, j'essaie de reprendre mon souffle tandis que ma chatte se contracte et palpite à cause des soubresauts provoqués par les orgasmes. Je ne suis pas attachée à un putain de banc. Aucun homme puissant ne s'appuie contre mon dos. Je me trouve au centre de recrutement du Programme des Épouses Interstellaires, je porte une blouse. Mes poignets sont attachés par des moyens de contention médicaux aux extrémités d'un fauteuil incliné inconfortable, comme chez le dentiste, c'est la dernière étape des préparations avant de quitter la planète. Je n'ai pas réalisé, quand ils ont connecté les câbles et les capteurs, que tout ça finirait en rêve sexuel. J'en ressens les effets apaisants. Ma chatte est humide, l'arrière de ma blouse me gratte et est tout mouillé. Mes tétons sont durs et j'ai les poings serrés. Je me sens essorée et crevée. Je suis comblée.

« Je viens de vous dire que votre test est terminé. » La gardienne Egara se tient devant moi. Une jeune femme brune et austère surveille le processus d'accouplement dans les moindres détails, elle fait défiler les pages de sa tablette. « Votre accouplement s'est bien passé. »

Je lèche mes lèvres sèches et essaie de calmer les battements de mon cœur. Ma peau transpirée se hérisse, j'ai la chair de poule.

« Le rêve ... était réel ?

– Ce n'était pas un rêve, réplique-t-elle, sûre d'elle. Nous utilisons les données sensorielles enregistrées par les épouses précédentes lors du processus d'accouplement.

– Quoi ? Des données enregistrées ?

– Un neuro-processeur, ou SNP, sera implanté dans votre crâne avant que vous quittiez la Terre. Il vous aidera pour maîtriser votre nouvelle langue et facilitera votre adaptation dans votre nouvel univers. » Elle sourit de toutes ses dents d'un air méchant, ça fiche la trouille.

« Le neuro-processeur est programmé pour enregistrer votre accouplement et envoyer les données dans le système.

– Vous allez m'enregistrer avec mon nouveau partenaire ?

– Oui. Le protocole d'accouplement l'exige. Toutes nos cérémonies d'accouplement sont passées en revue afin de nous assurer que nos épouses sont en sécurité et correctement accouplées. » Elle pose la tablette à côté d'elle, je remarque le col dur de la chemise amidonnée qui lui tient lieu d'uniforme. Pas une ride, pas un cheveu ne dépasse de son chignon strict. On dirait presque un robot. Ses yeux pétillants trahissent sa ferveur et son dévouement à la tâche qui est la sienne. Son dévouement au programme s'exprime clairement dans ses mots.

« Nous faisons de notre mieux pour que nos guerriers reçoivent des épouses dignes d'eux. Ils sont à notre service, protègent la Terre et les membres des autres planètes de la destruction. Le système utilise vos réactions corporelles pour sonder votre subconscient, vos rêves les plus secrets, vos besoins les plus intimes. Ce qui ne vous intérese pas a été immédiatement écarté lors du processus d'accouplement. L'alimentation sensorielle a cherché jusqu'à tomber sur un guerrier provenant d'une planète qui vous convienne à la perfection. »

C'est mon accouplement ? Certainement pas.

« Je ne veux pas être accouplée à un homme qui m'attache. Ce n'est pas ce que je voulais en me portant volontaire. »

Elle arque ses sourcils sombres.

« Apparemment, Mademoiselle Adams, c'est pourtant exactement ce que vous désirez. Le test ne montre que l'exacte vérité, même si votre esprit pense le contraire. »

Je réfléchis à ce qu'elle vient de dire tandis qu'elle se

déplace autour de la table et s'assoit face à moi. Son uniforme impeccable du Programme des Épouses Interstellaires colle à merveille à son attitude froide.

« Vous êtes un cas particulier, Mademoiselle Adams. Nous avons pas mal de volontaires, mais jamais aucune avec vos motivations. »

Je regarde un moment la porte fermée, inquiète qu'elle ait peut-être demandé à mon fiancé de me rejoindre. Une peur panique s'empare de moi, je tire sur mes liens.

« Ne vous inquiétez pas, dit-elle en levant une main pour m'arrêter. Vous êtes en sécurité ici. Vous avez indiqué que les marques sur votre corps ont été causées par une chute, j'ai fait en sorte que personne ne vous voit avant votre départ sur l'autre planète. »

Evidemment, la gardienne Egara ne croit pas un traître mot de mon histoire ridicule, je suis rassurée par tout ce qu'elle met en œuvre pour me protéger. Je n'ai jamais fait de ski de toute ma vie. Je ne vis même pas à proximité d'une montagne, mais il fallait trouver une excuse valable pour justifier les bleus sur mon corps et c'est la première qui me soit venue à l'esprit.

Je croyais que mes marques passeraient inaperçues, j'ignorais que je subirais des examens médicaux complètement à poil, que je porterais une blouse et qu'on me montrerait des images tout à fait déplacées et des clips. J'ai dû m'endormir, je n'ai pas les idées claires.

« Merci, » répondis-je.

Je n'ai pas l'habitude qu'on soit gentil avec moi. Elle reste impassible, comme si elle attendait que je lui dise la vérité. Ai-je envie de partager ce que je sais à propos de mon fiancé ? Il était si gentil, j'étais amoureuse de lui, jusqu'à ce que j'apprenne la vérité. Je l'ai entendu s'entretenir avec l'un de ses hommes, il s'agissait de tuer quelqu'un ayant fait foirer un de ses projets immobiliers. Je pensais qu'il s'entourait d'employés, de gardes du corps, mais c'était en fait des hommes de main, des hommes qui intimidaient et qui tuaient. J'ai accepté de l'épouser, deux de ces hommes faisaient office de *gardes du corps*. Malgré ça, je croyais que c'était parce qu'il était riche et avait besoin d'une garde rapprochée. Je le trouvais attentionné et prévenant, il prenait soin de moi. Ah ! Ce que j'ai pu être *stupide*. Encore plus stupide lorsque je lui ai dit avoir des doutes concernant notre mariage. Il est devenu dingue, m'a attrapée et m'a dit qu'il ne me laisserait jamais partir. Jamais.

Je l'ai menacé de le quitter, il m'a calmement expliqué qu'il tenait énormément à moi. Que je serai sienne dès qu'il m'aurait passé la bague au doigt. Il tuerait quiconque m'embrasserait, torturerait tout homme qui m'approcherait et me punirait ensuite pour les ennuis que je lui aurais occasionnés.

Je devais fuir à tout prix, mais il fallait trouver comment. Je me suis rendue au centre commercial en voiture comme d'habitude. Les hommes qui me surveillaient garaient toujours leur véhicule à côté du mien, me suivant à l'intérieur du magasin, mais me laissaient entrer seule dans les boutiques. Je me suis directement dirigée vers le rayon lingerie, je savais qu'ils ne me suivraient pas. Je suis passée d'une boutique à l'autre et j'ai planqué mon téléphone portable entre deux portants de vêtements. Je me suis dépêchée de rejoindre l'arrêt de bus et suis monté dedans. De là, j'ai pris un taxi jusqu'au centre de recrutement du Programme des Épouses Interstellaires.

Je n'ai ni famille ni amis. Quand nous avons commencé à nous fréquenter, il a fait en sorte que je coupe systématiquement les ponts avec mes contacts. Un par un, il a argumenté pourquoi telle ou telle personne ne valait plus la peine de faire partie du cercle de mes amis, qu'ils n'étaient pas convenables. J'étais seule au monde, à sa merci. Il m'a même persuadée de quitter mon job, je n'avais pas d'argent.

Dieu ait pitié de moi, mieux vaut un extraterrestre qu'un homme psychotique et possessif qui ne jure que par la boxe en guise de punition, sauf que le punchingball, c'était moi.

Ça m'a suffi une fois. Plus jamais. J'ai été idiote, naïve, amoureuse même, mais tout ça c'est terminé.

Durant tout le trajet qui me conduisait au centre de recrutement, je n'ai fait que regarder par-dessus mon épaule, je craignais qu'ils se lancent à ma poursuite et m'arrêtent avant que je ne puisse franchir les portes du bâtiment. Je me suis sentie en sécurité une fois à l'intérieur, je ne me sentirais complètement hors de son atteinte que lorsque j'aurais quitté la planète. Je pourrais alors respirer, en étant sûre que mon fiancé ne pourra pas me retrouver.

J'ai entendu parler du Programme des Épouses Interstellaires il y a environ un an, la majorité des femmes y ayant participé sont des prisonnières cherchant à échapper à une peine de prison sévère. J'ai appris que certaines sont des volontaires, sans aucun retour possible. Une fois accouplées à un guerrier extraterrestre et envoyées sur la planète de leur partenaire, elles ne sont plus des citoyennes de la Terre et ne peuvent plus revenir. Ça peut paraître effrayant et ridicule de prime abord. Qui serait *volontaire* pour quitter la Terre ? Qu'ont-elles fait de si mal pour en arriver là ? Maintenant je sais. La vie d'une femme peut, très *très* mal tourner.

Je devais m'éloigner coûte que coûte de mon fiancé, je m'inquiétais du fait qu'aucun endroit sur Terre ne soit assez éloigné. Il me retrouverait, et alors …

Je croyais qu'il serait ma famille. *La famille.* Il voulait m'épouser parce que je n'avais pas de famille. Je n'ai aucun lien, personne pour me protéger ou m'empêcher d'épouser ce connard. Il ne sera jamais ma famille. Personne ne m'a jamais témoigné d'affection sur Terre. En tant que volontaire du programme des épouses, je suis heureuse d'apprendre que je ne pourrais pas retourner. Je ne veux plus rester sur Terre. Je ne veux plus vivre dans la crainte qu'il me traque pour le restant de mes jours. Je vais quitter cette planète pour me rendre dans le seul endroit où il ne pourra pas me retrouver, je serai hors d'atteinte.

Je me retrouve assise devant la gardienne Egara, ma blouse me démange.

« Des questions ? »

Je me lèche à nouveau les lèvres. « Cet accouplement … comment savoir s'il sera … agréable ? »

Bien que j'aie passé toute une batterie de tests, mon unique souci est qu'il soit agréable. Je ne veux pas être accouplée à un homme qui me bat. Si c'est le cas, autant rester sur Terre et épouser ce connard.

« Agréable ? Mademoiselle Adams, je crois comprendre la nature de votre inquiétude mais votre partenaire a subi les mêmes tests. Il s'avère que les guerriers passent des tests beaucoup plus perfectionnés que ceux de nos épouses. Ne craignez rien pour votre accouplement, votre subconscient le détermine de lui-même. Vos besoins et vos désirs se complètent. Mais souvenez-vous que planète différente dit coutumes différentes. Une culture différente. Vous devrez vous y faire, rejeter les opinions et notions arriérées en vigueur sur Terre. Vous devrez dépasser votre crainte des hommes, la laisser sur Terre. »

Ses paroles sont sages mais pas si vite. Je vais certainement rester sur mes gardes un bon moment.

« Vous m'envoyez sur quelle planète ?

– Viken. »

Je fronce les sourcils.

« Jamais entendu parler. »

– Mmm, répond-elle en baissant les yeux vers la table. Vous êtes la première terrienne à être accouplée là-bas. Vous avez rêvé d'une femme d'une autre planète accouplée à un Viken. Comme vous avez pu le constater, c'est un amant attentionné. »

Je rougis en y songeant.

« D'après le test, je pense que vous serez très satisfaite de votre partenaire.

– Et si ce n'est pas le cas ? »

Si elle se trompe et qu'il est méchant ? Il utilise sa bite comme une star du X, il s'attend peut-être à ce que je sois son esclave ? Et s'il me frappe comme mon fiancé ?

« Vous avez un mois pour changer d'avis, répond-elle.

Souvenez-vous bien : vous avez été accouplée non seulement avec un homme, mais avec la planète. Si votre accouplement ne vous apporte pas satisfaction au terme des trente jours, vous pourrez demander un autre guerrier, mais vous resterez sur Viken. »

Ça me paraît raisonnable. Je soupire, détendue à l'idée que je peux choisir en fin de compte—et ne pas retourner sur Terre.

« Satisfaite ? D'autres questions ? Quelque chose s'oppose à votre transport ? »

Elle me regarde comme pour me laisser une dernière chance. Une chance que je ne saisis pas. « Non. Rien ne s'y oppose. »

Elle hoche la tête.

« Très bien. A titre d'information, Mademoiselle Adams, êtes-vous mariée ?

– Non. » Si je n'étais pas partie, je l'aurais été. Dans deux semaines.

« Vous avez des enfants ?

– Non.

– Bien. »

Elle fait défiler son écran. « Vous êtes formellement liée à la planète Viken. Acceptez-vous ?

– Oui, » répondis-je. J'irai n'importe où, pourvu que cet homme ne soit pas méchant.

« Vous avez répondu par l'affirmative, vous êtes officiellement accouplée et rayée des listes en tant que citoyenne de la Terre. Vous êtes et demeurerez une épouse Viken. »

Elle jette un œil sur son écran, son doigt glisse dessus.

« Afin de vous conformer aux usages sur Viken, votre

corps doit subir quelques modifications avant le transport. »

La gardienne Egara se lève et vient à mes côtés.

« Des modifications ? » Qu'est-ce que ça veut dire ? Qu'est-ce qu'elle va me faire ?

Elle appuie sur un bouton dans le mur, celui-ci coulisse. Je me tourne et ne vois qu'une douce lumière bleue. Un grand bras équipé d'une aiguille sort du mur.

« Qu'est-ce que c'est ?

– N'ayez crainte. Nous allons tout simplement vous implanter un neuro-processeur, toutes les épouses en ont un. Ne bougez pas. C'est l'affaire de quelques secondes. »

Le bras robotisé s'approche et me pique dans le cou. Je fais la grimace mais ça ne fait pas vraiment mal. En fait, ça ne fait pas mal du tout. Le fauteuil recule dans la pièce à la lumière bleutée, je suis détendue, calme, somnolente.

« Vous n'avez plus rien à craindre, Mademoiselle Adams. » Le fauteuil plonge dans un bain tiède, elle ajoute. « Le processus débutera dans trois ... deux ... un. »

2

rogan

« Ça fait trente ans qu'on est séparés. Je ne vois pas l'utilité de nous remettre ensemble. » Je croise les bras sur ma poitrine et dévisage les deux hommes qui me ressemblent en tous points. Mes frères. Un a les cheveux longs aux épaules, l'autre est rasé, une cicatrice barre son sourcil droit, ceci mis à part, ils se ressemblent comme deux gouttes d'eau. J'ai toujours su que nous étions des triplés, nous avons été séparés bébés. Et je sais pourquoi.

« Les Guerres du Secteur se sont déroulées alors que vous n'étiez que des bébés. A la mort de vos parents, on a décidé de vous séparer. Un enfant doit régner sur les trois secteurs afin d'équilibrer le pouvoir de votre sang royal et mettre un terme à la guerre. » Le régent Bard nous regarde. Il est petit et fragile mais très puissant. Nous pourrions facilement le tuer à mains nues mais nous savons que sa mort ne changerait pas le cours des choses. Je sais que toute effusion de sang est inutile. Tant qu'il est en vie, mes frères en tireront la même conclusion. Mais ça ne nous convient pas.

Gyndar, son second, se tient à côté du régent. Le régent ne nous a fait qu'un bref résumé mais tout porte à croire que l'homme se tait et obéit aux ordres du régent. Ce n'est pas un jeune écuyer arrogant mais un homme d'âge mûr à l'allure calme et sérieuse. Il passe facilement inaperçu et remplit son rôle à merveille. Mes espions me tiennent informés des affaires du régent. Gyndar joue un rôle primordial en tant qu'intermédiaire et négociateur, il conclut des accords dans l'ombre tandis que le Régent Bard continue de se montrer en public et conserve son aura.

« Nous n'avons pas besoin d'une leçon d'histoire, régent. Nous savons très bien que nous sommes la raison pour laquelle le traité a été créé, marquant ainsi la fin de la guerre, » dit Tor.

Ça fait bizarre d'entendre sa propre voix dans le corps d'un autre. Il vit dans la zone la plus froide du Secteur Un, d'où ses longs cheveux et son lourd manteau. Je n'y suis évidemment jamais allé, je ne vois pas l'intérêt d'affronter un froid polaire.

« Vous avez de la chance que nous soyons des triplés, n'est-ce pas, régent ? » ajoute Lev. Il s'agite sur sa chaise au haut dossier, avec ses cheveux courts et son air féroce, il a l'air plus glacial encore que Tor, mais je sais qu'il n'en est rien. Mes frères sont des guerriers endurcis, ils administrent leurs secteurs tout comme je gère le mien.

Qu'ils aient survécu à ces trois décennies prouve leur force et leur intelligence.

Lev et moi nous ressemblons. Dans ma façon de m'affaler, mes longues jambes étendues devant moi. Je regarde les sourcils de Lev, on se ressemble parfaitement, la cicatrice mise à part. Il partage aussi mon dégoût et mon manque d'intérêt pour les manœuvres et les imbroglios politiques. Je suis celui qui déteste le plus cette réunion. C'est un désagrément que nous devons accepter.

Le vieil homme acquiesce. « Votre naissance a apporté la paix sur Viken, je crois que c'était le destin. »

Je regarde un de mes frères, puis l'autre et déclare. « Et pourtant, *nous* ne sommes pas en paix. *Nous* devons prendre une femme d'une autre planète pour partenaire. *Nous* devons quitter nos maisons, notre peuple qui vit ici, pour vivre ensemble et *partager* une épouse ? Vous nous demandez ça alors que nous avons vécu toute notre vie dans des secteurs différents.

– Nous sommes nés frères, régent, mais nous sommes ennemis désormais, » ajoute Tor. Lev et moi hochons la tête. Je ne vais pas sauter sur mes frères et les assassiner mais je suis fidèle envers le peuple de mon secteur, mes frères sont fidèles envers les peuples de leurs secteurs. Nous sommes frères de sang mais loyaux envers notre pays. Envers ceux que nous dirigeons. Du peuple qui a besoin de la protection que nous leur offrons.

« Ennemis ?" questionne le Régent Bard. Non. Frères. Des frères identiques, avec le même ADN, qui vont posséder une même partenaire et l'engrosser.

– Alors ce n'est pas nous que vous voulez. » Lev

rapproche ses doigts les uns des autres. Sa décontraction n'est qu'apparente. Je le sais, allez savoir pourquoi, je ressens des choses avec ces deux hommes que je ne ressens pas avec d'autres. Est-ce parce que nous sommes des triplés ou existe-t-il un autre lien ? « C'est l'enfant que nous créerons. »

Le vieil homme ne nie pas. « Oui. Cet enfant unifiera à nouveau les trois secteurs, il sera à leur tête. Egaux. Unis. Ensemble. Viken vivra à nouveau sous un seul et unique règne. Les guerres cesseront une bonne fois pour toutes.

– En ce qui me concerne, je ne souhaite pas d'épouse extraterrestre. Si l'objectif est d'être unis, nous devrions posséder une partenaire Viken, » dit Tor en s'appuyant contre le mur de la pièce.

Nous nous trouvons sur Viken United, une petite île composée d'édifices gouvernementaux. C'est ici qu'arrivent tous les visiteurs interstellaires, que se déroulent toutes les réunions formelles entre les secteurs. L'immense bâtiment blanc dentelé, avec ses statues dédiées aux trois secteurs—la flèche, l'épée et le bouclier—est considéré zone neutre par les trois secteurs.

Les armes restent à l'extérieur. C'est un lieu sûr et paisible où l'on résout les problèmes.

Bien que la guerre soit terminée depuis des dizaines d'années, l'animosité couve. Les cultures diffèrent. Je déteste mes frères par principe. Je ne connais rien d'eux hormis leur apparence physique. Nos corps sont identiques mais je sais que la bite de Tor est coudée vers la gauche et que Lev a une marque de naissance en haut du dos. Pour le reste, nous sommes les créatures de notre peuple, les créatures de nos secteurs.

« Aucune femme Viken en vie n'est totalement neutre. » Il nous regarde tous les trois. « Vous souhaiteriez une partenaire d'un autre secteur ? »

Nous secouons tous la tête. Il est impossible de s'accoupler et de baiser une femme provenant d'un autre secteur. Elle me détesterait et je *tolèrerais* sa présence. Ce n'est pas comme ça que ça marche, nous le savons bien. Le lien doit être fort et puissant. Une fois accouplés, la connexion compte plus que tout sur Viken.

« Vous devez par conséquent être accouplés à une femme d'une autre planète. Une terrienne.

– Lequel d'entre nous ? demandais-je. Nous n'avons pas besoin d'être trois. N'importe lequel des frères sait certainement comment s'y prendre pour engrosser une femme. »

Mes frères ne disent rien. S'ils me ressemblent un tant soit peu, mettre une femme enceinte ne devrait pas être bien compliqué ni leur poser de problème.

« Un seul ne suffit pas. » Je jurerais que le Régent Bard marque une pause pour ménager son petit effet. « Vous devez copuler tous les trois. A quelques minutes d'intervalle. Pour avoir la chance d'être le père de l'enfant. »

Nous nous regardons tous les trois mais gardons le silence. Je sais ce qu'ils pensent. Je ne les *entends* pas à proprement parler mais c'est tout comme.

« Je ne partage pas, régent. Je prendrai une épouse si vous insistez mais je ne la partagerai pas.

– Alors la guerre éclatera. » En entendant les paroles du régent, Lev change de position et Tor se rembrunit.

« Vous êtes les trois derniers à avoir du sang royal. Toute la planète est consciente de votre attachement au trône de Viken. Vous devez prendre une épouse ensemble. Vous devez vaincre vos différences et mener votre peuple vers une nouvelle ère de paix. Nous devons arrêter de nous combattre et nous concentrer sur les unités de combat interstellaire. Nous n'avons plus loisir de nous battre comme des enfants. L'ennemi extérieur est tout proche et nos guerriers ne se portent pas volontaires. Ils restent chez eux et envahissent les territoires les uns des autres comme des enfants gâtés. »

Le régent prend une profonde inspiration, j'ai déjà entendu ce discours. Vu la tête que font mes frères, les paroles du régent ne leur sont pas étrangères.

« Vous êtes semblables à tous points de vue. Votre sperme est identique, un enfant qui résulterait de cette union vous représentera tous les trois, les trois secteurs.

– Inutile de faire ça tous ensemble. N'importe lequel d'entre eux peut avoir la femme. » Je penche la tête dans la direction de mes frères.

Pourvu que ce ne soit pas moi qui me coltine la femme. Je n'en ai pas besoin. Les Vikens chérissent leurs femmes et leurs enfants, mais vu que je n'ai pas à me soucier de plaire à une femme, ou à la dompter, la vie est bien plus facile. Quand j'ai envie de coucher avec une femme, j'en prends une. Notre affaire terminée, elle reprend sa vie et moi la mienne. Je n'ai certainement pas envie de mettre une femme enceinte. Les enfants impliquent dévouement et famille, tout ce que je ne veux pas. Nos parents ont fait un mariage d'amour, on voit où ça les a menés. Morts. Je n'ai pas envie de ramener une femme sur Viken pour qu'elle soit tuée pour des raisons politiques.

« Je ne veux pas de partenaire, dit Tor. Il n'a qu'à la prendre. » Il montre Lev.

« Moi ? Je ne veux pas de partenaire. »

Le régent parait si calme, si déterminé à restaurer la paix sur la planète avant de mourir. Il *est* vieux et fragile. Contrairement à nous, il a connu la paix sur Viken. « C'est fait. Elle a été accouplée à vous trois. En tant que Vikens, vous savez quelle est votre responsabilité. »

Responsabilité. Elle pèse sur moi depuis mon plus jeune âge. J'ai la responsabilité de diriger la planète, mais pas d'engrosser une femme avec des frères dont je suis séparé.

« On n'a rien demandé, » dis-je, je parle au nom de mes frères. Ils hochent la tête, c'est bien la première fois que nous sommes d'accord.

« Accepterez-vous que l'enfant de votre frère soit votre successeur ?

– Non. Lev arque son sourcil.

– Jamais. Tor serre ses poings.

Je ne réponds pas, ma réponse est semblable. Non. Jamais. Je n'abandonnerai jamais mon peuple à la descendance d'un autre mâle. C'est mon peuple. Mon enfant héritera de la responsabilité sacrée du pouvoir.

« Vous voyez. Vous devez tous vous accoupler avec elle. » Je suis sur le point de parler mais le régent lève sa main pour m'imposer le silence.

« On ne vous a pas demandé de naître tous les trois

pour diriger la planète. On ne vous a pas demandé d'être séparés quand vous étiez bébés. Vous devez être ensemble, ne faire qu'un. Vous êtes nés pour diriger, mais votre vie a été, et sera, pleine de sacrifices. Pour la survie de notre planète, pour les générations futures, la querelle doit arriver à son terme. Nos guerriers doivent une fois encore se mettre au service de la Coalition Interstellaire. Nous devons protéger notre planète de la Ruche et non pas nous battre entre nous. Si nous n'atteignons pas le quota de guerriers requis, nous ne ferons plus partie de la protection de la coalition. J'ai appris qu'il nous reste dix-huit mois pour nous y conformer, pour contribuer une fois encore au programme des épouses et aux rangs de guerriers, ou Viken sera abandonnée. Je veux voir Viken unie et forte. Protégée. Fière. Avant ma mort, je veux que Viken retrouve sa place toute puissante dans la lutte contre la Ruche."

La Ruche est une race de créatures artificielles qui tuent sans distinction, à la recherche de ressources et de nouvelles créatures biologiques à intégrer dans leur communauté. Elles s'emparent de toutes formes de vie et leur implantent de la technologie, des neuro-processeurs, des mécanismes de contrôle qu'elles dérobent dans l'âme des créatures vivantes. Tous les membres des planètes de la Coalition Interstellaire joignent leurs ressources, leurs vaisseaux, leurs guerriers dans un combat qui fait rage entre la Coalition Interstellaire et le mal incarné.

Il faut stopper la Ruche. Le régent a raison. Ça fait des années que Viken n'envoie pas son quota maximal de guerriers ou d'épouses. Que nous puissions abandonner ne m'a pas effleuré. La menace qui pèse sur notre planète est réelle et inacceptable. Deux cycles solaires sont à peine suffisants pour engrosser une femme et voir l'enfant naître. Ce qui veut dire que nous n'avons plus de temps ni de solutions. Je déteste qu'il nous dise la vérité. Mais je sais ce qu'il faut faire, peu importe que ça me plaise ou non.

« Jusqu'à présent, vous vous êtes tenus à l'écart de la politique et du gouvernement du royaume interstellaire. Maintenant, vous devez jouer votre rôle et accepter les responsabilités liées à votre naissance. Viken doit être protégée. Nous devons être soudés. Viken doit être forte. C'est la vérité, vos parents ont payé de leurs vies pour ce rêve. »

Lev rugit. « Ils ne sont pas *morts* à cause de la paix, mais à cause de la guerre. Les factions rebelles les ont traqués et assassinés pour conquérir le pouvoir. La guerre civile sur Viken s'est terminée parce que vous nous avez divisés, non pas parce que vous nous avez réunis.

– Vous étiez des bébés, vous ne pouviez pas gouverner, ajoute le régent. Vous voici sur Viken United, dans le secteur central de notre planète pour y apporter la paix, non pas à court terme, selon votre affectation, mais pour toujours. Vous devez mettre tous les trois vos différences de côté et faire front. Ensemble, vous serez puissants. Trois frères. Un bébé. Un avenir.

– Putain, » murmure Tor. Je partage son sentiment. Il n'y a pas moyen d'échapper au plan du régent. Impossible d'échapper à la nécessité de protéger notre peuple de la Ruche et des factions rebelles de notre propre monde. Les rebelles prônent le retour aux méthodes tribales dans une centaine de secteurs différents, chacun ayant son propre leader, son propre programme. Ils veulent revenir au mode de vie qui régnait sur Viken il y a des siècles, avant de devenir membre de la communauté interstellaire, lorsque Viken était une simple planète parmi tant d'autres.

Les leaders des factions rebelles veulent la guerre, chacun veut diriger son propre petit royaume d'une poigne de fer et avec un contrôle absolu. Ils se veulent tout-puissants. Des dieux.

Leurs idées arriérées sont les traces d'une culture remontant à des millénaires. Ils n'ont pas leur place dans le nouveau monde, dans un monde où la Ruche peut balayer la population de toute la planète en l'espace de quelques semaines, si nous la laissons sans protection de par nos comportements stupides. Il faut que nos guerriers soient dans l'espace, sur les vaisseaux, et non pas en train de se chamailler pour des broutilles ou des bonnes femmes.

« Vous auriez dû nous parler des requêtes de la coalition, du quota de guerriers en chute libre, dis-je. Vous auriez dû nous parler de votre plan, de notre épouse. »

Mes frères croisent leurs bras sur leurs poitrines et hochent la tête.

Le vieil homme arque un sourcil gris. « Vous auriez accepté ? Vous vous seriez soumis au processus d'accouplement ? » Le régent incline la tête, visiblement soulagé. On ne se dispute plus. Il marque un point. Je ne suis pas déraisonnable, mes frères non plus apparemment. Nous n'avons pas donné notre accord, mais nous écoutons.

Tor se frotte la mâchoire. « Comment avez-vous fait pour l'accoupler à l'un d'entre nous ? Et avec qui cette épouse a-t-elle été accouplée ? »

Le régent semble gêné, je n'ai jamais vu son visage ridé rougir. « Le bilan médical que vous avez subi le mois dernier était une ruse pour le test. Nous vous avons endormis et avons effectué le test pendant que vous étiez dans un état proche du rêve. A d'autres moments, vous étiez totalement inconscients. »

Je frémis en l'entendant. Je sais exactement de quoi il parle. J'ai passé un check-up complet, comme demandé, je me suis réveillé en sueur, le cœur battant à cent à l'heure. L'expérience était inhabituelle. Je ne me suis jamais réveillé avec une érection dans une unité médicale. Impossible de débander. Je me suis excusé auprès du médecin et j'ai dû me branler pour me soulager. C'était comme dans un rêve, mais si intense que j'étais excité comme pas jamais. Je pense avoir rêvé de cet accouplement. « Donc, avec qui a-t-elle été accouplée ? » Je veux savoir. Je dois savoir. Je ne veux pas baiser une femme qui n'est pas la mienne. Je veux bien le faire une fois, si la protection de la planète en dépend, mais je ne veux pas m'attacher à elle, je ne veux pas m'occuper d'elle comme si elle était à *moi*.

Le régent hausse les épaules. « A tous les trois. Nous avons mélangé vos profils dans le programme, elle a été accouplée à vous trois, mélangés. Non seulement elle vous acceptera tous les trois, de la façon qui vous plaira, mais elle aura *besoin* de vous pour être parfaitement heureuse. Vous possédez tous les trois une caractéristique dont elle a besoin, quelque chose dont elle meurt d'envie, quelque chose dont elle a besoin pour être comblée." Le régent fait les cent pas, ses grosses bottes grises dépassent de sa robe. Il porte une robe fluide et des bottes de combat équipées de lames. Des mots doux, mais une volonté de fer. Ce look lui va à ravir. « Je ne souhaite pas la ramener ici tant que l'accouplement n'aura pas été effectué, tant que le transfert n'aura pas eu lieu. Je ne peux pas courir le risque que l'un d'entre vous la refuse. »

C'est plus qu'évident, personne ne répond.

« Parfait. Parfait, répète Tor. Nous sommes donc supposés baiser cette femme jusqu'à ce qu'elle tombe enceinte ? Dans la même chambre ? En même temps ? » demande-t-il.

Le régent hausse les épaules. « Vous pouvez la partager, ou la prendre à tour de rôle. Je vous donnerai les détails. »

Tor hoche la tête. « Bien. Elle voyagera d'un secteur à l'autre et on la baisera à tour de rôle. »

Le régent Bard lève sa main. « Comme je vous l'ai dit, vous devez la prendre à peu de temps d'intervalle afin que vos spermes se mélangent et que vous ayez tous une chance d'avoir un héritier. Bien qu'il ne soit pas nécessaire que vous la baisiez ensemble pour qu'elle tombe enceinte, les lois en matière d'accouplement requièrent— »

Lev se touche la nuque et se met à arpenter la pièce. « Vous êtes sérieux ? »

Tor se décolle du mur. « On ne se supporte pas et vous

vous attendez à ce qu'on la possède tous ensemble en même temps ? »

La demande du régent me rend furax. Chacun son tour passe encore, mais ensemble ? Ça fait trente ans qu'on ne se calcule pas et on est censés la baiser ensemble ?

Le régent lève à nouveau sa main. « La loi est claire. Vous savez qu'un mariage implique que les parties en présence ne fassent qu'un. Dans le cas présent, vous êtes tous les trois son partenaire, vous devez la posséder en même temps. Autrement, le lien ne sera pas officiel et elle sera éternellement rejetée. »

Tor croise ses bras sur sa poitrine et se fige. L'idée ne lui plaît visiblement pas.

« Elle portera l'enfant qui réunifiera cette planète. Comment pourrait-elle être rejetée ?

» Si vous ne faites pas les choses convenablement, votre partenaire ne sera que l'instrument qui mettra votre enfant au monde, rien de plus. Elle ne sera pas la mère nourricière, ni la partenaire du dirigeant du secteur. Dans son cas, des trois dirigeants de secteurs. Selon les lois en vigueur, elle sera répudiée par son partenaire. Elle sera bannie. »

Je regarde mes frères et le régent. « Nous sommes ennemis jurés et vous vous attendez à ce qu'on prenne sa bouche, sa chatte et son cul en même temps durant la cérémonie du mariage. » Je sens l'intérêt poindre dans le regard de mes frères, je ressens la même chose. L'idée est excitante, la baiser par ces trois trous, mais je dois le faire avec des hommes provenant de secteurs que j'ai appris à détester. Lev et Tor sont mes frères de sang, mais mon peuple du Secteur Un est mon peuple de sang, c'est ma sueur, c'est mon choix.

« Concernant la cérémonie du mariage, oui. Pour l'engrosser, non. Vous devrez éjaculer dans sa chatte, jusqu'à ce qu'elle soit enceinte. Ceci fait, vous en disposerez à votre guise. Mais afin de la rendre heureuse, vous devrez faire une croix sur vos différences. »

Nous levons tous les trois notre sourcil droit et fixons le vieil homme. Rendre nos femmes heureuses est une fierté pour un guerrier. Insinuer que les leaders de la planète soient incapables de satisfaire leurs épouses est l'insulte suprême. « Vous nous avez mis dans différents secteurs pour faire régner la paix, pas pour nous enseigner la tolérance. Vous avez fait en sorte que nous passions toute notre vie séparés et vous voulez maintenant qu'on fasse semblant d'être heureux de baiser une femme tous ensemble, afin qu'elle ne soit pas rejetée ? Partager une épouse ?

– Je suis d'accord avec Drogan. Une femme ne résoudra pas les problèmes qui s'éternisent entre les secteurs. Un enfant non plus d'ailleurs.

– Et bien chefs de secteur, je suggère que vous trouviez le moyen de réunifier les secteurs, sinon Viken tombera entre les mains de la Ruche. Vous perdrez tout. Quelles que soient les différences qui vous séparent, une fois que les neuro-processeurs seront implantés dans vos crânes, vous ne vous rappellerez même plus de votre nom. » Je me demande comment le régent fait pour rester aussi calme devant moi. J'aimerais lui péter le nez rien que pour ça. J'aimerais le frapper parce qu'il nous force à participer à … ce truc de fou. Il nous force la main. Pour avoir gardé secrète la terrible vérité de la situation de la Coalition Interstellaire.

« Notre partenaire sait qu'elle a été accouplée à trois hommes ? » demande Lev. C'est une bonne question, je regarde le régent.

« Elle l'ignore. Elle est accouplée à vous trois, à chacun de vous— il nous montre tous les trois— et vous êtes tous les trois accouplés à elle. En tant que triplés, vous avez le même ADN, elle est accouplée à vous trois.

– Mettons les choses au clair, régent. » Il compte sur ses doigts. « Notre partenaire ignore qu'elle appartient à trois guerriers et nous devons la convaincre qu'elle nous baise tous les trois. Nous devons faire en sorte qu'elle tombe enceinte immédiatement pour unifier la planète et nous devons stabiliser les secteurs afin qu'un plus grand nombre de guerriers et d'épouses soient envoyés dans la coalition pour combattre la Ruche.

– Oui. La coalition nous donne dix mois pour gonfler les rangs. »

Ça nous laisse le temps d'engrosser notre nouvelle épouse et d'avoir un petit braillard. Le bébé ne sera pas assez grand pour marcher mais sera le digne héritier des trois secteurs planétaires.

Je rugis. « Nous devons aussi convaincre notre épouse d'accepter notre semence —en même temps— afin que la cérémonie d'accouplement soit complète. Ma partenaire ne sera jamais répudiée. » L'engrosser, c'est simple. On peut la baiser comme on veut, mais pour que la cérémonie d'accouplement soit complète, on doit la baiser par tous les trous en même temps. Je ne suis pas super beau mais aucune femme ne m'a jamais évité. Les problèmes qui découleraient du fait que je doive la sauter en compagnie de mes frères ne sont pas sa faute.

Je n'ai jamais forcé une femme non plus. Persuader une femme récalcitrante de se taper trois hommes ne sera pas facile. Affronter la Ruche serait plus aisé.

« La mienne non plus, » grommelle Lev.

Tor montre son dernier doigt. « Et enfin, nous devons mettre un terme à trente ans de haine et convaincre la planète que nous ne faisons qu'un. »

Lorsque Tor explique tout ça, la tâche semble impossible.

« Comment pouvons-nous être sûrs qu'elle n'a pas été accouplée à quelqu'un d'autre et que vous vous en servez pour nous manipuler, pour fragiliser l'équilibre du pouvoir entre les secteurs ? » ajoutais-je.

A ma question, mes frères rejettent leurs épaules en arrière et se dressent, menaçants, vers le régent.

« Comme tu le dis, son monde ne l'aurait pas envoyée ici si elle n'avait pas été accouplée selon le protocole de recrutement. Il soupire. Si cela vous inquiète tant que ça, je convoquerai d'autres hommes dans cette pièce et elle sera forcée de vous choisir parmi d'autres.

– Seulement l'un d'entre nous, » dis-je, pour m'assurer que la femme choisisse en toute impartialité. Si elle est vraiment accouplée à l'un d'entre nous, la connexion sera puissante et immédiate. J'avais oublié, on a peut-être la chance qu'elle rejette nos demandes de la baiser ... séance tenante. Je n'aurais pas confiance en notre accouplement tant que notre épouse n'aura pas prouvé qu'elle est capable de ressentir cette connexion.

Le régent baisse la tête en signe de respect. « Très

bien. Elle croit être accouplée à un seul homme, vous déciderez donc qui montera en première ligne. Et rappelez-vous, faites-ce que vous avez à faire une fois que vous l'aurez possédée. Vous devez tous les trois l'enduire de sperme. Sans le lien et le pouvoir que contient votre semence, les autres la convoiteront. Ils essaieront de l'enlever. »

Le lien débute au moment où le sperme d'un homme pénètre dans la chatte d'une femme. Les produits chimiques contenus dans le sperme d'un homme Viken sont très puissants. Notre épouse va en mourir d'envie, en avoir besoin. En contrepartie, l'homme auquel elle sera liée voudra constamment la posséder, la protéger et renouveler ses liens. C'est le lien naturel entre un homme Viken et sa partenaire. Si elle n'est pas en contact pendant plusieurs mois avec les produits chimiques contenus dans le sperme de l'homme, le corps de la femme devient réceptif au désir d'un autre.

Aucune femme ne souffrira de la perte du lien engendré par mon sperme. Je la baiserai sauvagement et souvent. Je goûterai sa chatte avec ma bouche et mon sperme coulera dans sa gorge. Je —

« Vous croyez qu'on essaiera de nous défier en possédant notre partenaire ? » demande Lev. Tant qu'elle n'aura pas choisi un de nous, elle sera considérée comme disponible. N'importe quel homme assez puissant pourra l'enlever et la posséder.

« Si elle choisit l'un d'entre nous, l'accouplement sera validé. Elle n'appartiendra qu'à nous. » Tor confirme qu'il protège ce qui lui appartient. Lev acquiesce.

« L'accouplement est réel. Elle choisira l'un d'entre

vous, » dit le the régent. Il parait très confiant. Assez confiant pour que je vois qu'il ne ment pas. Si c'était le cas, cette femme pourrait choisir n'importe quel homme Viken dans la pièce pour la baiser. Il userait du pouvoir de son sperme pour l'engrosser, et non nous trois. Le plan d'unification du régent tomberait alors à l'eau.

« Cette femme a certainement déjà été baisée, dit Lev. Elle ne risque pas de se languir du sexe de l'homme qu'elle laisse sur Terre ? Elle ne souffrira pas de ne plus sentir son sperme en elle ? »

Le régent secoue la tête. « Les hommes sur Terre n'ont pas cette connexion avec leurs partenaires. Leur sperme n'est pas aussi puissant que le nôtre. C'est tout à votre avantage. Une Terrienne accouplée à trois hommes Viken. Combiné, la force de votre sperme atteindra une puissance dont elle n'a pas idée. Faites votre boulot les gars, et faites le bien. Possédez-la, baisez-la, remplissez-la de votre foutre. Engrossez-la. Si vous n'arrivez pas à vous entendre tous les trois, alors repartez dans vos secteurs. Votre partenaire sera bannie une fois qu'elle aura accouché. L'enfant gouvernera. Cette querelle prendra fin et nous retrouverons enfin la place qui nous revient en tant que membre protégé à part entière de la coalition. Rien d'autre ne compte. »

L'homme n'a aucune sympathie pour nos désirs personnels. Il ne songe qu'à la stabilité de la planète. Pas aux intérêts privés de mes frères ou moi et certainement pas aux attentes de cette femme à laquelle nous avons été accouplés. Comme lors de notre naissance, nous subissons encore une fois les conséquences. Tandis que Lev, Tor et moi pourrions retourner dans nos secteurs si nous refusons cette union partagée, elle serait ruinée. L'enfant qu'elle porterait lui serait arraché, elle serait rejetée par ses partenaires. Elle souffrirait pendant des mois d'un manque effarant de sperme, non pas d'un homme, mais de trois.

Je ne souhaite ça à aucune femme et certainement pas à une femme qui n'en est pas responsable, pas une femme que j'aurais engrossée et reconnue comme épouse. Une femme doit être protégée et soignée, comblée et dominée. Non pas utilisée, une fois qu'elle nous aura accordé sa confiance et juré obéissance, pour être rejetée par le partenaire qu'on lui aura demandé de servir. Je jette un œil en direction de mes frères. Peut-on surmonter nos différences pour protéger une femme que nous n'avons pas rencontrée ?

Une vive lumière éclaire la grande table située au milieu de la pièce. « Ah, son transport a commencé. » Le régent est tout excité, il sautille et arbore un grand sourire.

Nous reculons tous et regardons la femme se matérialiser sur la table. Une fois le transport terminé, la lumière aveuglante disparaît, la forme inconsciente gît sur la surface dure. Nous nous approchons pour la regarder, mes yeux mettent du temps à faire leur mise au point après l'éclair aveuglant du transport.

Elle porte la robe longue typique de Viken. Le tissu ne masque pas ses formes douces—des seins ronds et des hanches pleines. Ses cheveux sont auburn, on dirait du feu. Ils ne sont pas attachés et forment des boucles épaisses sur le bois. Ses longs cils refermés reposent sur ses joues pâles. Ses lèvres charnues sont d'un beau rose, je bande à l'idée de les sentir sur mon sexe.

C'est notre partenaire ? Je regarde mes frères dont les expressions confortent mon sentiment.

« Vous pensez toujours que baiser cette femme sera laborieux ? D'être ses partenaires ? De l'engrosser ? » Le régent se moque de nous, il nous prouve le contraire, toutes mes hésitations volent en éclat lorsque je vois son corps plantureux et son magnifique visage. J'ai *envie* d'elle. Je veux ma bite dans sa bouche, ma main sur son cul nu. J'ai envie de la pénétrer jusqu'à ce qu'elle hurle et la voir agenouillée devant moi, nue et prête à être baisée.

Non. La baiser ne sera pas difficile du tout. Je bande en la voyant et elle n'est même pas réveillée. Du coin de l'œil, je vois que Tor s'adapte à la situation. C'est une bonne chose que nous soyons tous attirés par elle, le sort de notre planète repose sur notre capacité à bien baiser cette femme.

Tor

Nous nous rendons aux quartiers généraux de Viken United, non pas pour une réunion du secteur comme on me l'avait annoncé, mais parce que mes frères et moi y sommes contraints : une menace plane sur notre planète, nous devons venir tous les trois et copuler avec une femme qui ne m'est pas destinée en particulier, mais également à mes frères. Je sais que je devais me trouver une partenaire un jour, mais j'avais toujours cru que je choisirai la femme qui me plairait quand je l'aurais décidé. Je pensais que ma partenaire serait à moi et à moi seul. D'après le Régent Bard, le sort en a décidé autrement.

La femme la plus belle que je n'ai jamais vue se tient devant moi, étendue sur la table où se prennent les décisions les plus téméraires pour l'avenir de la planète. *Elle* est peut-être l'une des décisions les plus courageuses du régent. Elle unira les secteurs et apportera la paix sur la planète. Elle incitera les jeunes guerriers à combattre et les vierges s'offriront en tant que partenaires. Son enfant gouvernera la planète lorsque mes frères et moi seront morts depuis longtemps.

Le fait de m'avoir séparé de mes frères n'a pas uni la planète. Nous vivons un répit temporaire en cette période de guerre. Notre sang royal et la longue quête de notre famille pour la justice et un règne digne ont permis à la planète de maintenir une paix durable. Le fait de nous séparer alors que nous étions des bébés n'a pas arrangé nos liens de fraternité. Nous avons tous trois été formatés par les lois, les préjugés et les croyances de nos secteurs attitrés, rien d'autre. Je suis censé partager cette femme avec deux hommes—des frères—que je ne connais pas. Nous nous ressemblons physiquement mais la ressemblance s'arrête là. Le régent s'attend à ce que nous partagions une partenaire. *Partager !*

J'ai déjà renié ce qui me revient de droit. Dans le Secteur Un que je dirige, la famille est primordiale. La valeur se mesure par la force et l'honneur de sa propre famille. Je n'en ai pas. Mon sang royal m'a épargné de n'être qu'un paria au sein de mon peuple. Mais mon sang ne m'a pas épargné les railleries des enfants cruels, ni ma solitude durant des évènements importants. Je suis seul, je l'ai toujours été, je suis forcément vulnérable dans une société où le noyau familial assure la survie.

Mon isolement m'a rendu fort et je ne regrette pas ma vie. Mais maintenant que je dois fonder une famille, je ne veux pas la partager avec deux hommes que je connais à peine. Je ne veux pas partager le temps ou les attentions de cette femme. Si elle est réellement à moi comme l'affirme le régent, je la veux pour moi seul. Je suis avide de son amour, de son corps, de sa débauche. Je veux tout.

Je regarde les courbes agréables de ses fesses et de ses hanches, je bande à l'idée de la sodomiser, de la pénétrer et de la posséder de toutes les façons possibles. Une fois que mon enfant grandira dans son ventre, j'éjaculerai entre ses fesses rondes, elle deviendra accro à moi et à ma bite. Je veux qu'elle me désire.

J'ai envie de la prendre dans mes bras et l'emmener dans une chambre tranquille pour lui apprendre comment baiser. Mes frères la traiteront bien, je n'ai pas de doute là-dessus. Les désaccords politiques mis à part, tous les hommes Viken traitent bien leurs femmes et leurs enfants. Les femmes sont protégées et choyées. Une partenaire a de la valeur et revêt la plus haute importance dans la vie d'un homme.

Voilà pourquoi j'ai évité d'avoir une partenaire jusqu'à présent. Je n'étais pas prêt à ce qu'une femme devienne le centre de mon monde. Mais quand que je vois ça ... une Terrienne, ça change tout. Je vois son cœur battre dans son long cou. Je vois ses seins rebondis dépasser du col de sa robe. J'imagine la douceur de ses cheveux roux glisser entre mes doigts. Putain je la sens. Une odeur florale et de propre. Je me demande quel goût elle a, si sa chatte sera aussi douce que le reste.

Je remets ma bite en place dans mon pantalon. Je ne serai pas soulagé tant que je ne l'aurais pas pénétré profondément.

« Vous voulez toujours qu'elle vous choisisse parmi un groupe ? » demande le régent, sa longue robe grise virevolte autour de ses chevilles tandis qu'il me tourne autour.

Je jette un œil vers mes frères qui hochent la tête. Le lien existe bel et bien, c'est un peu plus compliqué au niveau politique. « Oui. »

Nous devons nous assurer que ce plan fonctionne, que cette femme soit bien à nous. Tester l'accouplement confirmerait nos besoins, même si le simple fait de la regarder me suffit.

« Parfait. Je vais organiser la sélection et je reviens. » Le régent Bard hoche la tête à mon attention et sort de la pièce, un Gyndar silencieux et oublié à sa suite.

« On ne s'entend pas. Comment on va faire ? » demande Drogan. Il passe ses mains dans ses cheveux courts, je le reconnais bien là. Je viens de faire de même.

« Ils n'ont pas trouvé de triplettes sur Viken, pour qu'on ait chacun la sienne ? » Je me penche et pose mes mains sur la table. « Ça résoudrait le problème aussi facilement qu'en en baisant une seule, » ajoutais-je.

« Le régent veut un enfant, pas trois. Un nouveau leader, » clarifie Lev.

– Putain, » murmure Drogan.

Le plan du régent tient la route. Il nous a accouplé à une femme d'une autre planète qui ne pourra pas y retourner. Mon sexe s'agite quand je la regarde. J'imagine que ceux de mes frères aussi. Une fois que nous aurons déversé notre sperme en elle, comment renier la luxure que nous allons éprouver ? Elle nous sera définitivement liée, l'odeur de notre sperme dans son organisme sera comme un signal d'alarme. Si nous la renions après avoir copulé, en refusant l'accouplement, il y a de fortes chances pour qu'elle devienne folle. On ne s'entend pas mais je n'ai jamais fait de mal à une femme. Mieux vaut la tuer sur le champ que la laisser souffrir, en se languissant de recevoir le sperme puissant de trois hommes Viken surdimensionnés.

Lev s'approche de la table et examine notre partenaire. « Comment on va la baiser ? »

Drogan et moi nous approchons, nous l'entourons tous les trois, nous la dévisageons avec ... envie. La dispute sera inévitable.

« J'ai entendu dire que les hommes du Secteur Un aiment baiser en public, » dit Lev en me regardant.

Il y a du vrai. Dans mon secteur, la baise n'est pas forcément un truc privé. Les liens familiaux sont importants. Il arrive que si un homme ait envie de copuler avec sa partenaire, et qu'ils veuillent que leur enfant soit accueilli à bras ouverts, il la possède et éjacule en elle en public. Si une femme souffre et a besoin du sperme de son partenaire, si l'envie est assez forte, il la prend où elle veut quand elle veut. Les besoins d'une partenaire passent avant tout.

J'ai l'habitude qu'on me regarde, de regarder les

autres, si je dois assister à l'accouplement de mes frères, ça ne me gênera pas. Par contre, les regarder *la* sauter sera une toute autre affaire.

« Les hommes du Secteur Deux attachent leurs partenaires pour les dominer, » répliquais-je.

Lev serre ses mâchoires. « On n'attache pas nos femmes pour les violer. Les femmes y prennent du plaisir, elles aiment être soumises.

– Elle est attachée. Elle n'a pas le choix, » ajoute Drogan.

Lev lui jette un regard meurtrier. « Elle *veut* être attachée, soumise. » Il se tourne vers Drogan. « Qu'est-ce que ça peut te faire ce qu'on fabrique dans le Secteur Deux ? Dans le Secteur Trois, les hommes sucent la chatte comme si c'était un bonbon. J'ai entendu dire que vous préférez bouffer des chattes que baiser. »

Drogan ricane, pas ennuyé le moins du monde par l'affirmation de Lev. « On aime bien une femme bien mouillée, ça peut parfois durer des heures. » Le regard de Drogan s'assombrit, je sens la luxure dans ses yeux lorsqu'il fixe notre nouvelle partenaire. « J'ai hâte de glisser ma bouche entre ses cuisses et de la goûter. De me servir de ma langue sur son petit anneau de clito et la faire jouir encore et encore. L'entendre supplier. » Il se penche et inspire profondément, son odeur va dans ses poumons. « Je la lécherai jusqu'à ce qu'elle hurle et après je la baiserai jusqu'à ce qu'elle hurle encore plus. »

Nos chamailleries s'arrêtent, tous trois absorbés dans nos propres fantasmes. Il est évident que notre réaction envers cette femme est strictement identique. Je la regarde et le désir monte. J'aimerais la jeter sur mes épaules et la ramener chez moi, l'attacher sur la place publique et la baiser pendant que toute la ville me regarde en train d'éjaculer dans son vagin.

Mais il va falloir attendre. On va devoir la sauter ici, à Viken United. Ici, sur cette île en terrain neutre. En présence de mes frères.

Elle n'a pas bougé, nous la dévisageons comme si c'était une énigme que nous n'arrivons pas à résoudre.

« On est bien d'accord, la baiser ne sera pas une corvée, dit Lev. Apparemment, vu comme on bande, ce sera un vrai plaisir.

– Oui, » consentis-je. Je bande déjà et je ne l'ai vue qu'habillée. Je ne peux imaginer ce que je ressentirais si elle était nue devant nous.

« Oui, » confirme Drogan.

« Peut-on arriver à un accord, commençais-je en arrangeant mon sexe dans mon pantalon, ne pas se focaliser sur nos différences, mais sur ce qu'on doit faire pour la protéger et la chérir ensemble. *Elle.*

– S'il s'attend à qu'on la mette enceinte et qu'on l'abandonne elle et le gosse, il se plante, dis-je, ma voix se teintant de colère. Le Secteur Un croit en la famille—une mère et un père aimant leurs enfants—c'est très particulier. Je ne veux pas que cet enfant grandisse comme moi. » J'adresse un bref regard à mes frères. « Je tuerai quiconque essaiera de me la prendre, elle ou mon enfant. »

Je suis orphelin. Pas de mère ni de père. J'ai été élevé par le gouvernement, par des nounous et des précepteurs, sans famille. Ça n'a pas été facile. Horrible à vrai dire. Je ne ferai subir le même sort à personne, encore moins à mon propre enfant.

« La politique attendra. Mais elle, elle ne pourra pas attendre lorsqu'elle se réveillera, répond Lev.

– Ma bite non plus, » marmonne Drogan.

Lev et moi sourions.

Nous la contemplons un moment. « Elle va avoir peur. Elle n'appartient pas à un homme, mais à trois, dit Drogan. Regarde-nous. »

Je regarde mes frères. Nous sommes grands, insupportables, grognons et agressifs. Nous avons été élevés pour être des meneurs ; notre stature, notre pouvoir, nous rend sauvages. « Nous sommes indomptés, » ajoutais-je.

« On n'est pas d'accord sur grand-chose mais nous devons tomber d'accord sur elle et sur comment la prendre. » Lev penche sa tête vers la femme endormie. « Je refuse de la faire souffrir. Comme l'a dit Tor, je refuse de laisser un enfant grandir sous la coupe du régent. »

Il crache le mot « coupe, » le régent ne se soucie pas plus d'un enfant que d'un vulgaire animal domestique.

Drogan hoche la tête et me regarde avec Lev.

« Elle est à nous.

– Si ce n'est pas un piège et qu'elle nous choisit, confirmais-je. On est d'accord ?

– On est d'accord, Lev et Drogan répondent en même temps.

– Lequel d'entre nous s'aligne parmi les autres hommes pour l'accouplement ? » demande Drogan.

« Peu importe, répondis-je. Elle en choisira un dans le

groupe. Le régent ne ferait pas tout ça s'il n'était pas certain de l'accouplement.

– C'est à notre avantage. Je suis d'accord avec Tor, ajoute Lev. Peu importe lequel d'entre nous sera avec les autres hommes, tant qu'on la baise ensemble. Personne d'autre ne la touchera.

– D'accord. »

3

ℒ*eah*

J'ouvre les yeux, comme si je me réveillais d'une sieste. Le plafond est lambrissé de panneaux de bois sombre, je comprends immédiatement que je ne me trouve plus au centre de recrutement. C'est silencieux, aucun bruit d'air conditionné, ni de machines. L'air est chaud et humide. J'entends un bruissement et je tourne la tête. Je suis allongée sur une sorte de table, un vieil homme est assis au bout, dans un fauteuil à haut dossier. Je prends appui sur le bois et m'assois. Je porte une longue robe verte de facture simple qui m'arrive aux chevilles, je suis pieds nus. La robe a des manches longues et un décolleté échancré. La vue n'est pas plongeante mais le décolleté est tout de même assez profond. La robe est démodée, elle ressemble à ce que portaient les femmes il y a une centaine d'années environ.

L'homme reste assis patiemment sans bouger. Sa barbe et ses cheveux sont gris, son visage est très ridé. Son vêtement est semblable au mien, simple et sans fioritures, mais de couleur grise. « Vous êtes ... vous êtes mon partenaire ? » demandais-je. Je me racle la gorge, la voix rauque. Ils m'ont envoyée à ce vieil homme ? Si je devais lui donner un âge, je dirais qu'il a dans les quatre-vingts ans.

Il sourit, les rides aux coins de ses yeux s'accentuent. « Non. Je suis le régent Bard. Votre partenaire est derrière cette porte. » Je regarde dans la direction indiquée.

« Vous le rejoindrez quand vous serez prête.

– Je suis bien sur Viken ? »

La pièce est vaste mais spartiate. Le plancher est de la même couleur que le plafond, les murs sont blancs. La pièce est jalonnée de fenêtres tout du long, mais je ne vois que de la verdure à l'extérieur. Je n'ai pas l'impression d'être sur une autre planète ou d'avoir traversé la moitié de la galaxie. J'ai l'impression d'être dans une vieille bâtisse située près d'une forêt primaire en bord de mer. Ça sent fort le sel et l'humidité, l'air en est littéralement saturé.

Ça ne ressemble pas aux films de science-fiction à la télé. Il ne porte pas de tenue argentée. Il n'a pas trois bras. Il n'est pas vert. Il a l'air normal. Âgé mais normal.

« Oui. Bienvenue sur Viken, ma Dame. Comment vous appelez-vous ?

– Leah. » Je ne voudrais pas être impolie mais mon

partenaire m'attend. Je dois juste dire à cet homme que je suis prête et qu'il me conduise auprès de lui. Suis-je prête ? Le serais-je un jour ? La bonne nouvelle c'est que je ne me trouve pas sur Terre. Mon fiancé ne peut pas m'atteindre ici et personne ne me renverra chez moi.

L'idée de partir sur une autre planète et d'être baisée et possédée par un total étranger *semblait* sympa, mais en *réalité*, j'ai un peu la trouille d'être ici. J'ignore tout de la planète Viken ou à quoi ressemblent les Vikens. A quoi ressemble mon partenaire ? Je n'ai jamais songé à son âge ou à son apparence. Je ne voulais pas de partenaire, pas vraiment. Je voulais simplement échapper à cet homme vil qui voulait me traiter comme une esclave sur Terre. Mais maintenant, maintenant je suis ... nerveuse.

De toute façon, je suis sur une autre planète et je ne peux pas échapper à mon destin. Je prends une profonde inspiration et souffle « Je suis prête. »

Il se lève doucement et me tend la main pour m'aider à descendre de la table. Ma robe longue m'arrive aux chevilles, le tissu est lourd. Je le suis vers la porte. En marchant, je sens mon clitoris me tirer légèrement. Étrange. Je m'arrête en sentant cette sensation me parcourir, je hausse les épaules. Je fais deux pas de plus et la sens à nouveau, quelque chose cloche.

Je rougis, je ne peux pas dire au vieil homme que j'ai un problème avec mon clitoris, malgré ma curiosité, je ne peux pas soulever ma robe longue pour regarder. J'ai chaud subitement, pas à cause de la gêne, mais à cause d'un désir tout neuf, je passe ma langue sur mes lèvres. J'ai envie de me baisser et de me toucher, mais ce ne serait pas judicieux. Le fait d'être sur Viken me procure cette nouvelle sensation ? Je réglerai ça plus tard, je mords ma lèvre et franchis la porte qu'il tient ouverte.

La salle suivante est grande mais ne comporte pas de table, juste quelques chaises alignées contre le mur. Ce n'est pas la pièce qui m'intéresse, mais les hommes qui me font face. Ils sont tous grands et musclés, plutôt costauds. *Très* costauds en fait. Les hommes sur Viken sont exactement pareils que sur Terre en vachement plus costauds. Ils me dévisagent avec intérêt et curiosité. Je dois intégrer le fait qu'ils n'ont probablement jamais vu de Terrienne avant moi. Nous sommes tous intrigués.

Le vieil homme se tient à mes côtés, il lève son menton dans la direction des hommes. « Votre accouplement est réussi ; toutefois, sur Viken, il faut prouver que la connexion est opérationnelle. »

Je me retourne et le regarde.

« La connexion ?

– Un lien naturel entre une paire accouplée. » Je fronce toujours les sourcils, il m'explique.

« Approchez-vous des hommes et dites-moi quel est votre partenaire.

– Juste ... je dois juste passer à côté d'eux et je saurais ? » Je jette un œil sur les hommes. Ils ne montrent rien, hormis une grande curiosité. Il y a au moins dix hommes de première jeunesse. Certains sont plus séduisants que d'autres, certains me dévisagent avec curiosité et d'autres comme s'ils voulaient me dévorer sur place. Un homme en particulier me regarde comme s'il pouvait voir mon sang pulser dans mon cou, comme s'il comptait les battements de ma respiration saccadée. Je rencontre son regard et détourne les yeux, je suis effrayée, j'ai l'impression d'être une gazelle traquée par une panthère.

Les hommes portent tous la même tenue, on dirait qu'il y a deux catégories de guerriers : des barbares portant fourrures et cuir et des intellos en robes. Les deux catégories d'hommes portent des armes dans leur dos : des épées, des arcs et des lances. Pour une race avancée, une race extraterrestre, ils ont l'air plutôt primitifs dans leur façon de faire la guerre.

J'ai l'impression d'avoir quitté la Terre et d'être arrivée en plein épisode de mon feuilleton télé préféré sur les Vikings. S'ils avaient été barbus, ils ressembleraient aux guerriers à l'époque du Moyen-Âge sur Terre.

Comment savoir lequel est le mien ? Et si je ne choisis pas le bon par erreur ? « C'est un piège ? Vous allez me renvoyer sur Terre si ne choisis pas le bon guerrier ? »

Je panique à l'idée de revenir sur Terre. La gardienne Egara secouerait la tête en signe de dégoût et je serai renvoyée du centre de recrutement. Je me retrouverai seule, sans un sou et perdue, il ne fait aucun doute que mon fiancé me retrouverait et me punirait pour m'être enfuie. Peut-être que cette fois, il n'irait pas de main morte. Peut-être qu'il m'étranglerait et ce serait la fin.

« Je ne veux pas vous décevoir. » Les paroles du vieil homme me tirent de ma rêverie, il me donne un petit coup d'épaule. « Vous reconnaîtrez votre partenaire sans l'ombre d'un doute. Son corps et son âme vous appelleront. N'ayez crainte. Ayez confiance en votre partenaire. »

On dirait que je n'ai pas vraiment le choix. Je

commence à regarder sur la gauche de la rangée, je me mets devant le premier homme et lui souris timidement. J'ignore mon clitoris qui tinte. Je n'ai rien à faire avec cet homme, je me demande si le transport ne m'a pas causé quelques dégâts.

Concentre-toi. Je dois me concentrer sur ma mission. Le premier homme est blond, même âge que moi, il a l'air robuste malgré l'arc dans son dos et la longue robe noire qui recouvre son corps. Il me sourit, son regard s'éclaire d'une lueur toute masculine, mais je ne ressens rien d'inhabituel. Je passe au deuxième homme. Il est à peine plus petit mais plus costaud et plus musclé. Ses cheveux longs sont blancs comme neige et il porte des fourrures et du cuir, il fait très primitif. Une épée pend dans son dos, il me fait penser aux anciens envahisseurs Vikings. Il ne me sourit pas. Il ne me regarde même pas dans les yeux. Il me déshabille du regard, ses yeux se braquent sur mes tétons dressés, nettement visibles sous ma tunique fluide verte. Je lui jette un bref regard et ... toujours rien. Je fais de même avec toute la rangée jusqu'à ce qu'il ne reste plus que quelques hommes, inquiète qu'aucun de ces hommes ne soit mon partenaire. C'est un piège ? Le régent sera déçu ou vexé si je ne reconnais pas mon partenaire ?

Je m'arrête devant le prochain et le regarde nerveusement. C'est l'homme qui m'a regardée précédemment, qui m'a examinée à travers la pièce comme si je lui appartenais déjà. Je marque une pause, me tourne vers lui et le regarde. Je lève les yeux. Il est plus grand que les autres, large d'épaules. Il est costaud, porte une tenue style Viking et une épée dans son dos. Son torse et ses bras sont impressionnants, ses mains sont si larges qu'il ferait aisément le tour de mon cou avec une seule. Ses cuisses sont épaisses comme un tronc d'arbre, il transpire la force et l'autorité.

Mon cœur s'emballe, non pas pour son physique, mais pour son regard sombre. Il ne me regarde pas simplement, il me fixe, il pénètre mon âme. Mes tétons se dressent et ma chatte se contracte au premier regard. Je halète en sentant la réaction de mon corps, ma chatte mouille. Ses narines frémissent et il serre les mâchoires. Je sens même son odeur de propre, épicée et boisée. Il me sent aussi ?

Je ne réalise pas que le régent se tient à mes côtés jusqu'à ce qu'il parle. « Je suppose qu'il est inutile de regarder les deux hommes restants ? »

Je regarde toujours l'homme qui se tient devant moi. Ses cheveux sont ébouriffés, comme s'il venait de se lever, ils arrivent au niveau du col de sa tunique foncée. Ils sont d'un marron inhabituel, presque couleur whisky. Je sais, tout au fond de moi, que c'est le bon. C'est mon partenaire.

Je ravale mon excitation envers cet homme et répond, « Non, c'est inutile. Cet homme est mon partenaire. »

« Satisfait, Drogan ? » demande le régent.

Ce guerrier, Drogan, détourne les yeux et me reluque. Je me sens nue malgré ma robe qui m'arrive aux chevilles. Sait-il que le fait de le voir m'excite ? Sait-il que mon corps me fait mal quand je le regarde, qu'il m'effraie et qu'en même temps, j'ai envie de sentir ses énormes mains sur ma peau ? Je ne sais pas ce qui se passe avec mon clitoris mais la pression s'intensifie, je me balance d'un pied sur l'autre. J'attends. Quoi, je ne sais pas.

« Oui. Très satisfait. » La voix grave de Drogan coule en moi, telle un liquide chaud parcourant tout mon corps. J'ai encore envie d'entendre sa voix, qu'il m'ordonne de m'agenouiller et de prendre sa bite dans ma bouche, qu'il m'ordonne d'ouvrir grand les jambes pour me pilonner, entendre sa voix rauque à mon oreille, qu'il exige que je jouisse.

Je détourne le regard mais le désir monte en moi, je n'ai pas le temps de réaliser que mon monde bascule. Drogan me prend sur son épaule comme si j'étais un sac de farine et traverse la salle. J'appuie mes mains sur ses reins pour rester en équilibre, je ne vois que les muscles bandés de son joli petit cul tandis qu'il m'emmène à l'extérieur du bâtiment, sur un chemin poussiéreux, en direction d'un bâtiment plus petit situé plus loin.

Autour de moi, l'odeur de la mer et les arbres en fleurs me rassurent. Le ciel est d'un bleu plus foncé, l'herbe est d'un vert un peu plus pale, les bruits des oiseaux et des animaux ne ressemblent à rien de connu mais ce n'est pas si différent de la Terre après tout. Je vois des fleurs rouges, des arbres recouverts de mousse vert foncé avec de longues branches pâles qui s'élancent vers le ciel.

Ici, sur Viken, je serai en sécurité, loin de mon ex fiancé. Ici, je serai protégée et possédée par cet homme, Drogan. Il est immense et n'a pas l'air commode, mais je veux faire confiance à mon partenaire. Je veux croire ce que m'a dit la gardienne Egara, que cet homme a été choisi pour moi, c'est l'homme qui me convient à la perfection dans tout l'univers. J'espère tomber amoureuse de lui et qu'il m'aime. Il me porte sur ses épaules comme un homme des cavernes, ce n'est pas vraiment ma tasse de thé mais ça prouve au moins qu'il a envie de moi.

Il referme la porte d'un coup de pied avant de me poser doucement au sol. Je jure avoir senti son énorme membre durci en descendant.

Je le regarde à nouveau tout en m'appuyant sur ses avant-bras pour garder mon équilibre. J'ai du mal à respirer, j'ai trop envie de le sucer. Je contemple ses lèvres tandis qu'il parle, j'ai envie qu'il se penche vers moi et m'embrasse à pleine bouche, j'ai besoin de savoir que je lui appartiens. Rien qu'à lui.

« Je suis Drogan, ton partenaire. » Il pose ses mains sur mes épaules et me tourne tout doucement vers …

« Oh, mon Dieu, » murmurais-je les yeux écarquillés.

« Voici mes frères. Ils t'appartiennent également. » Deux hommes identiques à Drogan me font face. Des triplés ? Putain de merde. Non. Pas trois—

« Je suis Tor. Ton partenaire.

– Je suis Lev. Ton partenaire. »

Je me mets sur le côté pour mieux les voir tous les trois, ma tête va de droite à gauche, comme dans un match de tennis. Tor a les cheveux longs. Lev les a courts. Drogan entre les deux. Ils sont habillés comme des guerriers Vikings : Lev a un arc et des flèches dans son dos, Tor une épée et un bouclier et Drogan une épée. J'ai l'impression d'être Le Petit Chaperon Rouge avec trois loups voulant me dévorer toute crue. Je suis perplexe et complètement bouleversée, je sens que la connexion augmente.

« Des vrais triplés ? » m'écriais-je. Je n'ai jamais vu de vrais triplés. De séduisants triplés *mâles*. Je vois ces trois superbes hommes, c'est comme si je voyais une licorne. Ces trois mecs sont accouplés avec moi. Parmi tous les peuples de l'univers, on m'a choisi ces trois mecs torrides. Trois. Je n'ai que faire de trois hommes. Un seul. Un seul me suffit.

Ils hochent la tête en guise de réponse.

« Nous avons de légères différences. J'ai une cicatrice, » dit Lev en montrant son sourcil. Une ligne blanche coupe son sourcil.

« Je porte la marque de mon secteur. » Tor remonte la manche de sa chemise et me montre la bande sombre qui fait le tour de son bras. Un tatouage. On dirait un tribal, comme sur Terre.

« Je n'ai pas de signe distinctif, mais tu pourras nous différencier selon la longueur de nos cheveux, » ajoute Drogan.

« Je ne peux pas ... être accouplée à vous *trois*. » Mais c'est pourtant le cas. Je le sais tout au fond de moi, parce que je ressens la même attraction, la même attirance, pour les trois. Pas seulement avec Drogan ; le désir que j'ai d'être touchée par Drogan se transforme en désir d'être touchée par les trois hommes. L'attirance que Lev et Tor exercent sur moi est très forte et terrifiante.

« Lequel d'entre vous va me prendre ?

– Nous avons le même ADN. Nous sommes trois

hommes différents mais identiques d'un point de vue biologique, explique Lev.

– Et donc, lequel d'entre vous est mon partenaire ? » C'est peut-être une sorte de test. Ils vont peut-être décider maintenant qui sera mon partenaire et les autres s'en repartiront.

Ils s'approchent.

« Te prendre ? » demande Lev, en arquant le sourcil qui porte la cicatrice.

« Celui qui va me garder. Vous décidez ou c'est moi qui choisis ? »

Ils se déplacent de façon à me faire face tous les trois, ils me dépassent, le haut de ma tête arrive à peine au niveau de leurs mentons. Si je lève la main, je pourrais la tendre et les toucher. Leurs corps massifs empêchent la luminosité d'entrer par la fenêtre, je me sens très, *très* petite.

« Nous avons décidé, » dit Tor, je relâche mes épaules, soulagée. Je ne peux pas choisir. Je ne peux pas. L'attirance que je ressens pour chacun d'entre eux est beaucoup trop forte. Mieux vaut les laisser choisir et accepter simplement quel sera le frère qui me possèdera.

« On te garde tous les trois. »

Je recule d'un pas. J'ai bien entendu ? Tous les trois —

« Vous ne pouvez pas tous … Enfin je veux dire … » Je ne trouve pas mes mots. Je ne comprends pas. Qu'ils me veuillent tous les trois n'a aucun sens. Ça ne serait pas permis sur Terre ; le conseil de moralité m'arrêterait même pour le simple fait de songer à des choses aussi lubriques. « C'est impossible avec tous les trois. Ce n'est pas possible. C'est *illégal*, » murmurais-je.

Lev secoue la tête.

« Aucune loi ne dit qu'une femme ne peut pas être partagée. De plus, nous sommes accouplés avec toi. L'accouplement est un lien légal à part entière.

– Je peux en vouloir un autre, » dis-je à la hâte.

Ils foncent sur moi et je bats en retraite, jusqu'à ce que mon dos heurte le mur. « Certainement pas. » Drogan plonge son regard noir dans le mien, mon cœur bat si vite que je crains qu'il s'échappe de ma poitrine et atterrisse par terre.

Comment osent-ils être si grands et si directifs ! « Oh ? » Je croise mes bras sur ma poitrine. « Et pourquoi donc ?

– Parce que contrairement à la majorité des femmes du programme des épouses, tu as été accouplée à *trois* hommes. Trois. La connexion est déjà très puissante avec un seul partenaire. Avec trois, j'imagine que ce doit être plutôt chaud. »

Il prononce cette phrase, ils tendent leurs mains et me touchent. Tor passe sa main dans mes cheveux, Lev et Drogan touchent mes épaules, leurs mains glissent le long de mes bras. *Chaud* n'est pas le mot qui convient. C'est tendu, intense, torride. Oh, putain, je ne sais pas à quoi ça ressemble. Tout ce que je sais c'est que je n'ai jamais ressenti ça auparavant et ... j'adore ça.

Je ferme les yeux en sentant leurs mains chaudes sur moi. Ils ne me touchent pas de façon inconvenante, ils me ... touchent tout simplement. Le désir interdit qui m'assaille me fait serrer les dents. Vont-ils m'attacher sur un banc spécial comme durant le test ? Vont-ils pénétrer ma chatte et me sodomiser en même temps ? Est-ce qu'il y en a deux qui vont sucer me seins pendant que le troisième me baisera ? Vais-je les laisser faire ? Mon esprit dit non mais ma chatte se contracte à l'idée d'être partagée entre eux, je presse mes cuisses l'une contre l'autre pour réprimer la gêne.

« Comment tu t'appelles ? »

J'ai les yeux fermés, j'ignore qui a parlé. « Leah, » murmurais-je.

« Leah, on va te baiser maintenant, » dit un homme. Ce n'est pas une question. Il ne demande pas, il énonce.

J'ouvre les yeux et les regarde, un, puis l'autre, et l'autre. « Pas de dîner ? Pas de cinéma ? Pas même des préliminaires ? »

Ils me dévisagent ave curiosité. « Je ne crois pas qu'on sache ce qu'est un cinéma mais si tu as faim, on a certainement de quoi te contenter. » Lev est sincère mais je ne peux m'empêcher de rire.

« Je ne vous connais même pas et vous croyez que vous allez me baiser tous les trois ? »

Tor glisse mes cheveux derrière mon oreille et se baisse pour être à mon niveau. « Je te sens un peu nerveuse. »

J'écarquille les yeux. « Tu crois ?

– On t'a déjà sautée ? T'es vierge ? »

J'ai perdu ma virginité le soir de la remise des diplômes au lycée. Là n'est *pas* le problème. « Je ne suis pas vierge.

– L'homme qui t'a baisée en premier, qui t'a enduit de sperme, ne te manque pas ?

– S'il me manque ? » Est-ce que Seth Marks, qui m'a déflorée dans le sous-sol chez ses parents me manque ? Il a bataillé pour mettre sa capote et ça a duré trente secondes en tout et pour tout. Je n'ai même pas eu mal lorsqu'il a fini. Il ne me manque pas.

« Hum... non. Son sperme ne me manque pas. » J'ai appris qu'il avait déménagé en Arizona et était prof de tennis dans un hôtel.

Les trois hommes se détendent, ça me surprend. Le test a confirmé, non pas une fois mais deux, que je n'étais pas mariée. La gardienne Egara savait que j'avais hâte de quitter la Terre. Je n'ai aucun lien, pas d'amoureux qui en vaille la peine et encore moins un lycéen qui ne savait même pas ce qu'était un clito. J'avais des problèmes bien plus importants en la personne d'un fiancé dangereux et obsédé.

Drogan retire la chemise de son pantalon, la fait passer par-dessus sa tête et la jette par terre.

« Qu'est-ce que tu fais ? » m'écriais-je, le regard scotché sur corps sculpté. Putain de merde, j'ai été accouplée à *ça* ?

« Histoire que tu sois à l'aise, » répond-il.

« En quoi le fait d'ôter ta chemise me mettrait à l'aise ? » Je me sens un poil nerveuse et hyper excitée. J'ai envie de m'approcher et de le toucher, sentir la chaleur de sa peau, la douceur des poils bouclés sur sa poitrine, ses abdos bien dessinés. Il est très difficile de lui résister. « Tu préfères enlever ta robe ? »

Les trois hommes me regardent, ils en ont très envie. Le fait qu'ils me laissent le choix, ou du moins, prétendent me laisser le choix, facilite les choses.

« Oh ... hum, certainement pas. »

Drogan jette un œil vers ses frères, ils reculent et

commencent à se déshabiller. Ils ôtent leurs vêtements quasiment identiques, dévoilant des corps torrides. Je déglutis en les voyant. Je n'ai pas la moindre idée de ce que font ces hommes sur Viken mais ils ne doivent pas rester assis derrière un bureau à faire de la paperasse.

Ils baissent leurs pantalons—ils ne portent pas de slips—et se redressent devant moi, nus, je les fixe. Je ne respire plus. Je n'en crois pas mes yeux. Je les fixe sans doute un peu trop longuement parce qu'ils se jettent des coups d'œil. « On n'est pas formés comme les hommes sur Terre ? »

Ils ne sont *pas* formés comme les hommes sur Terre, je n'ai jamais vu d'homme sur Terre avec ça ... entre les jambes. Leurs sexes sont énormes, gonflés, des massues qui palpitent dans le prolongement de leur corps. Des veines foncées parcourent leurs membres très épais, leurs prépuces dilatés touchent leurs nombrils et palpitent dans ma direction. C'est plutôt stupéfiant, mais je lorgne sur leurs queues qui portent des piercings. Je sais que certains hommes sur Terre portent un anneau en guise de piercing, mais je n'en ai jamais vu. Le métal sur les sexes de mes partenaires brille comme de l'argent poli, il fait le tour du prépuce et disparaît en dessous.

Je sais que les différents types de piercings portent un nom mais franchement, je n'ai pas la moindre idée de comment ça s'appelle. C'est charnel. Coquin. Erotique.

Drogan agrippe la base de sa bite et commence à se masturber. Un liquide s'écoule du gland et coule le long de l'anneau en métal.

« Hum ... » Je ne sais plus quoi dire en le voyant. « Les hommes sur Terre sont pareils, mais plus petits. »

Les trois hommes regardent tous les trois leurs bites, qu'ils prennent dans la main. Vu qu'ils sont identiques, ils ne peuvent pas se comparer. Ils sont énormes. Sur Terre, ils deviendraient à coup sûr des stars du X immensément riches. Je me retiens de rire, je me demande comment j'ai pu être accouplé à trois stars du porno semblables, super canons et bien montés.

« Plus petits ? Les bites des hommes sur Terre sont plus petites ? Pauvres Terriennes. » Lev me regarde et me fait un clin d'œil. « Tu as de la chance. Tu vas encore plus adorer nous baiser. »

Nous.

« J'avais jamais vu de piercings *là* avant. »

Tor commence à se masturber lui aussi.

« Les hommes sur Terre n'ont pas de piercing sur leur sexe ?

– Certains peut-être mais ce n'est pas une habitude.

– Ici oui. C'est un rite de passage lorsqu'on devient un homme.

– Crois-moi, tu vas adorer ça. » Lev fait un pas vers moi et caresse ma joue. Je penche ma tête en arrière et j'arrête de contempler sa bite mais je la sens s'appuyer, dure et épaisse contre mon ventre, l'anneau est froid mais il se réchauffe.

« On doit te baiser, Leah. Maintenant.

– Pourquoi vous êtes en rut ? Sérieusement, y'a pas de préliminaires ?

– Tu ne seras pas en sécurité tant que tu n'auras pas été marquée par notre sperme. »

Je manque de rigoler devant le ridicule de la situation mais les trois hommes n'ont pas l'air de plaisanter. Je leur demande quand même. « Sérieusement ? »

Lev fronce les sourcils à son tour.

« Ta sécurité est primordiale.

– Vous êtes tous les trois nus en train de vous branler et vous me parlez de ma sécurité. J'ai du mal à croire que ce soit lié à votre *sperme.* » Je lève ma main. « Si c'est comme ça que vous essayez de me mettre dans votre lit, vous vous y prenez mal. »

Drogan et Tor continuent de se branler mais décident d'avoir une petite conversation.

« Le régent dit que le sperme des Terriens n'a aucun pouvoir.

– Elle ne peut donc pas comprendre l'urgence qui nous motive. »

Lev me regarde et poursuit, « Nous avons beaucoup à t'apprendre. » Il prend ma main.

« Viens. » Il me conduit près d'un lit que je n'avais pas remarqué dans la pièce. Peut-être parce qu'il était caché par les épaules de Drogan quand je suis rentrée. Le style de la maison —comment le définir ? — est semblable à celui de l'autre bâtiment dans lequel je suis allée. Du parquet, le même plafond en bois, des murs blancs, des fenêtres carrées, et des meubles minimalistes. Vu le revêtement et l'apparence des bâtiments, ce n'est pas une planète high-tech.

Je me tiens près du lit, je regarde l'endroit où ces trois hommes vont me prendre. Pas un, pas deux, mais trois !

« Je dois te dire quelque chose au sujet de Viken. » Lev place ses mains chaudes sur mes épaules, sa chaleur parcourt mon corps à travers ma fine tunique.

« Fais vite alors, » dit Drogan, d'une voix rauque, sa bite ... est encore plus grosse qu'avant ?

Lev se penche vers moi et murmure à mon oreille, son souffle chaud me fait frissonner. « Sur Viken, tous les hommes portent des anneaux sur leur sexe. Fais-moi confiance, tu vas adorer, notre sperme est puissant. Une fois qu'il entre en contact avec ta peau et ta chatte en particulier, notre lien commence. Les autres hommes sauront que tu nous appartiens et ça t'empêchera d'aller voir ailleurs.

– J'ai donc trois hommes pour moi. Et si j'ai envie d'une autre bite ? »

Tor sourit sur ma gauche, sa main gauche s'enroule autour de son gland et son regard se bloque sur ma poitrine. « Effectivement. »

Lev se penche et presse son sexe contre mes fesses. Je me fige tandis que ses mains se posent sur la courbe de mes hanches, découvrent ma taille et remontent jusqu'à mes seins. Je me raidis et m'agite, je ne suis pas prête pour ça, je ne suis pas prête pour eux, ses mains sont douces sur mon corps mais ses bras me maintiennent en place pendant qu'il m'explore. « Si tu quittes cet endroit sans notre sperme sur toi et en toi, sans qu'on t'ait marquée avec notre odeur et par notre pénétration, tu seras la proie de tous les hommes qui voudront te posséder. Tu veux rester avec nous trois ? Ou tu préfères un étranger ? »

J'ai du mal à me projeter avec les hommes auxquels j'ai été accouplée. Ça ne sera pas plus simple avec un homme pour lequel je n'éprouve rien. Lorsque j'ai vu Drogan aligné avec les autres hommes, j'ai *su* que c'était lui. Je le sens d'autant plus maintenant que Lev s'appuie contre mon dos et que les deux autres me regardent comme des chasseurs aux aguets.

« Je ne veux personne d'autre.

– Alors, on va te baiser.

– Mais... Vous pouvez quand même attendre que je m'allonge sur le lit et que j'écarte les jambes ? » Je montre le lit. « C'est pas comme ça que ça marche avec moi. »

« Leah, » dit Drogan, son doigt glisse sur le liquide séminal qui s'échappe de son gland. « Ça ne marche pas comme ça avec nous non plus.

– C'est... Heureuse de l'entendre. » Je suis troublée et nerveuse, heureuse qu'ils ne soient pas des bêtes en rut, quoique je ne dirais pas non à quelques préliminaires. « Mais c'est moi qui vais devoir faire avec vous trois. »

Tor se met face à moi, met mes cheveux sur le côté, pose doucement ses mains sur mes épaules, ses pouces caressent mon cou. « Ta chatte, ta bouche et ton cul pénétrés en même temps ? »

Je frissonne tandis que les images envahissent mon esprit. Je ne suis pas prête pour ça mais mon corps apprécie définitivement l'idée.

« On ne va pas te prendre comme ça ... pas aujourd'hui du moins. »

Il m'embrasse dans le cou, Lev commence à défaire les boutons dans mon dos. Je ne le vois pas mais je sais qu'il les défait un par un.

« J'ai... j'ai peur, » avouais-je en mordant ma lèvre.

« Trois hommes c'est intimidant, surtout trois Viken. » Lev fredonne derrière moi.

« Tu viens d'arriver et on doit te sauter séance

tenante. Nous ne doutons pas de tes sentiments mais tu ne dois pas avoir peur de nous. Nous ne te procurerons que du plaisir. » Tor m'embrasse encore dans le cou, sa bouche chaude et douce est très excitante. C'est un geste simple qui me plait plus qu'être poussée de force sur le lit.

« On ne te fera jamais de mal. On ne permettra jamais à *personne* de te faire du mal, » jure Lev.

Les autres acquiescent en murmurant.

« Je vois qu'on t'excite, » remarque Tor.

Je fronce les sourcils. "Comment tu sais ça ? » Ma chatte *est* trempée, mais ils ne peuvent *absolument* pas le savoir.

« Tes joues sont rouges, dit Lev. Tes tétons sont dressés. »

Je me regarde, effectivement, mes tétons pointent derrière le tissu de ma robe, je croise mes bras sur ma poitrine. Evidemment, ça a pour effet de faire quasiment sortir mon décolleté de l'encolure.

« C'est la robe traditionnelle sur Viken ? » j'ai l'impression d'être dans un film du Far West, sauf que ces hommes sont loin d'être des cowboys.

« Oui, dit Drogan. Une femme doit être pudique en public, mais tout le contraire avec son partenaire.

– Ses partenaires, rectifie Tor.

– Vous ... m'excitez. » Je les regarde tour à tour et le leur avoue. « Cela dit, baiser avec trois étrangers n'est pas normal. »

Ils se regardent. « Je comprends ta réticence, on va te faciliter les choses. Je vais te bander les yeux. » Drogan tient un long morceau de tissu et je me mords la lèvre.

« On est là tous les trois, on va te toucher, te donner du plaisir, tu ne sauras pas à qui appartient la bouche posée sur ta chatte, à qui sont les mains qui touchent tes seins, à qui est la queue enfoncée en toi. Le fait de ne voir aucun de nous sera plus facile à accepter. »

4

Leah

LES YEUX BANDÉS ? C'est un excentrique ? L'idée de ne pas voir et d'être à la merci de ces hommes ne m'angoisse pas. Ma chatte se contracte. Je suis nue sous ma robe ; je sens le tissu fluide sur mes fesses nues. Depuis mon arrivée sur Viken, je sens une poussée de désir au niveau du clito et combien je suis nue sous cette robe. Lev pourrait la soulever et me prendre par derrière. Ou me soulever pendant que Tor me baiserait en hauteur.

Mon dieu, c'est quoi mon problème ? J'ai envie d'eux. J'ai envie qu'ils me fassent hurler. J'ai besoin de me sentir possédée et d'éprouver du plaisir, d'être possédée complètement. Alors seulement je me sentirai en sécurité et je ne redouterai plus de retourner sur Terre.

« D'… d'accord. »

Je ne suis plus sur Terre. Je ne dois plus suivre les règles en vigueur sur Terre. Trois hommes identiques et torrides veulent me baiser. Pourquoi le leur refuserai-je ? Ils n'ont pas l'intention de me sauter et de m'abandonner. Ils sont à moi, tout comme je suis à eux. Je suis leur partenaire.

Mes copines—celles que j'avais avant de me fiancer—

Drogan me bande les yeux avec le morceau de tissu, Tor s'agenouille devant moi et pose ses mains sur la courbe de mes hanches de façon possessive. Lev attache le bandeau derrière ma tête tandis que Drogan pose ses mains sur mes gros seins. Lev m'embrasse dans la nuque, en repoussant mes cheveux doucement. Ils m'entourent, ils me contrôlent. Il m'est tout à fait impossible de voir qui se frotte contre moi, qui enfonce sa queue dans ma chatte.

« Personne ... personne ne va entrer ?

– Personne, murmure Drogan, il m'embrasse dans le cou. On te partagera entre nous, avec personne d'autre. »

Tout devient noir, mes autres sens sont en éveil. Je suis nerveuse et me passe la langue sur les lèvres. J'entends leurs respirations. Je remarque leur odeur. Boisée et mystérieuse à la fois. Lorsque Lev termine de défaire les boutons dans le dos de ma robe, celle-ci glisse le long de mes épaules telle de la soie révélant une statue. Le tissu glisse doucement sur mes seins et mes hanches avant d'atterrir en flaque à mes pieds. L'air caresse ma peau nue.

« On va se déplacer, afin que tu ne saches pas qui te touche. »

Ils me laissent seule quelques secondes, marchent

dans la pièce et reviennent vers moi un par un. Je ne sais pas qui pose ses mains sur mes seins. Je halète lorsqu'il les pétrit et les caresse, ses doigts effleurent mes tétons dressés et sensibles.

Une autre paire de mains glisse sur mon ventre, mes hanches et à l'extérieur de mes cuisses. Une main plie mon genou et me force à écarter les jambes. Cette même main remonte à l'intérieur de ma cuisse jusqu'à ma chatte. Sans se presser, ni traîner non plus.

« Toute rose.

– Beaux tétons.

– Belles lèvres de sa chatte. »

Je ne sais pas qui parle, les voix sont les mêmes, mais je me tortille, leur examen approfondi me met mal à l'aise.

« Je vais la baiser. » J'en entends un qui astique son membre. Je l'entends distinctement malgré mon cœur qui tambourine.

« Les gars, je ne suis pas sûre—

– Et ça. Elle est magnifiquement belle. Si tendre. Si douce. »

Quelqu'un touche mon clito et mes hanches sont parcourues de soubresauts. La sensation est intense et infiniment excitante.

« Oh, mon Dieu, qu'est... qu'est-ce que *c'est* ?

– Vous n'aviez pas de piercing de clito sur Terre ? »

Je me raidis un moment en comprenant ce qu'il vient de dire, je sens des lèvres douces sur mon corps. Un piercing de clito ? Un doigt pénètre dans ma chatte.

« Je n'ai plus de poils, » je me fais plus la réflexion à moi-même qu'aux trois hommes, tandis qu'un doigt glisse en moi. Je suis complètement nue. Ma chatte est habituellement correctement épilée et entretenue mais là, ça n'a rien à voir.

Le partenaire agenouillé devant moi appuie dessus avec ses doigts, ses lèvres et le bout de sa langue.

« Les lèvres de ta chatte sont gonflées sous mes doigts, elles sont très claires. Tu es toute rose. Gonflée. Et toute glissante de doux nectar. »

Je me concentre sur ces mots bien que ce ne soit pas eux qui m'aident à me concentrer mais plutôt ses baisers sur mon nouvel anneau de clito. Je n'ai pas vu le piercing mais je sais à quoi ça ressemble. J'imagine sa langue faire des cercles et sucer le petit anneau en métal qu'on a inséré dans mon clito. Il donne des petits coups de langue dessus, tout doucement et une secousse de plaisir irradie dans tout mon corps, mes tétons durcissent et je halète. C'est très sensible.

« Je ne me lasserai jamais de te regarder comme ça, » dit l'un d'entre eux en continuant de se masturber. J'entends le frottement de sa main sur son sexe, le bruit reconnaissable entre tous d'un homme qui se branle. Sa main commence à bouger plus vite et il s'approche.

« Je n'ai jamais ... pourquoi cet anneau ? »

Celui agenouillé devant moi continue de jouer avec l'anneau de clito avec sa langue, ses mains se déplacent à l'intérieur de mes genoux, les écarte en grand enfin d'avoir libre accès, afin de pouvoir me branler avec sa langue. Il me branle et me suce avec le bout de sa langue.

Mais je chancelle et des bras puissants me rattrapent

par derrière tandis que l'assaut sensuel se poursuit sur mes seins et mon vagin. L'homme situé derrière moi appuie son membre sur mon cul, j'entends sa voix rauque dans mon oreille.

« Toutes les partenaires féminines en portent. Ça procure beaucoup plus de plaisir quand on baise. Plus important encore, aucun homme ne posera de questions quant à savoir si tu nous appartiens ou pas.

– Touche-moi, » gronde la voix derrière moi. Incapable de résister à son ordre, je tends ma main et l'enveloppe autour de son énorme membre gonflé. Un fluide coule du gland sur mes doigts. C'est chaud et glissant, la sensation est incroyable au contact de ma peau. « Plus fort, partenaire. Fais-moi jouir. »

Je fais ce qu'il dit, c'est plus fort que moi.

Je vais constamment sentir l'anneau sur mon clitoris en marchant ? Ça m'excitera constamment ?

« Serre-moi fort. Maintenant, » gronde-t-il.

Je sens son sexe s'agiter et se cabrer dans ma main tandis que son membre éjacule des giclées de sperme chaud qui atterrissent sur mon cul et mes reins. C'est chaud sur ma peau. Ça m'arrive dessus, giclée après giclée. Il expire une fois qu'il a terminé et les trois hommes se figent autour de moi, guettant ma réaction. Mon corps n'a jamais été enduit par des jets de sperme.

Je lâche sa bite, il vient juste de décharger mais il bande encore. Je le lâche et ses mains étalent le sperme sur mon cul, comme si c'était un lait corporel. « Tu le sens ? » chuchote-t-il.

Je fronce les sourcils, il se comporte bizarrement. La majeure partie des hommes aurait pris une serviette et essuyé le sperme mais il enduit mon cul avec, il glisse sa main entre mes jambes, ses doigts se glissent entre mes lèvres, nos fluides se mêlent.

Je sens de la chaleur là où il me touche, comme s'il me passait une pommade qui chauffe ma peau. C'est de plus en plus chaud entre mes jambes, mon clitoris palpite et le désir monte. Mon attention est attirée sur ses gros doigts—glissants de sperme—qui bougent doucement entre mes jambes et mon cul.

L'homme devant moi suce vigoureusement mon clitoris, l'autre abaisse sa bouche chaude sur mon mamelon et le mordille, j'ai les jambes molles. Je *sens* quelque chose dans mon organisme, comme si de la drogue envahissait ma circulation sanguine. Mais je ne suis pas droguée, je suis excitée. En manque. Vide.

« Je vais tomber. »

D'un mouvement rapide, le partenaire derrière moi me prend dans ses bras—pas sur son épaule cette fois-ci—m'amène près du lit et m'allonge délicatement dessus. La couverture est fraîche sous ma peau chaude. Il est en train de se passer quelque chose. Avant, quand j'étais avec un homme, il me fallait du temps et des tas de préliminaires pour être assez excitée pour faire l'amour et quand bien même, je devais me masturber pour jouir. Je n'ai eu que deux amants mais aucun n'a réussi à me faire jouir. Je devais toujours me branler.

Allongée les yeux bandés, je sens l'attirance torride de ces trois guerriers penchés sur moi. Je me sens petite, sans défense et complètement à leur merci. Je les imagine tous les trois avec le même regard sombre, le désir, la faim et leur besoin insatiable. Allongée là, je suis plus que jamais sur le point de jouir, ça ne s'est jamais produit avec aucun homme auparavant —et ils m'ont à peine touchée.

« Le sperme fait son ouvrage, » commente l'un d'entre eux. Il s'approche, me saisit par les hanches et me fait glisser jusqu'à ce que je sois tout au bord du lit. Il s'agenouille, écarte grand mes cuisses et place mes jambes - l'une après l'autre - sur ses épaules.

« Les hommes du Secteur Trois adorent bouffer les chattes. » Ses doigts se frottent entre les replis de mes lèvres gonflées. « Je ne fais pas exception, partenaire. Cette chatte m'appartient. »

Il baisse la tête, fait courir sa langue tout du long et termine en lapant mon anneau de clitoris avec sa langue.

Je me renverse sur le lit en gémissant doucement tandis que sa langue s'enfonce rapidement et d'un coup d'un seul dans ma chatte. J'ai toujours les yeux bandés et la bouche de mon partenaire me besogne, un autre s'approche de moi et murmure sa promesse contre mes lèvres. « On va te sauter, Leah. Tous les trois. Mais tu vas d'abord jouir.

– Mais— »

L'intensité du plaisir procurée par sa langue sur mon clitoris est trop forte. Lorsqu'il glisse un doigt en moi, je me contracte, heureuse d'être enfin pénétrée. Mais lorsque ses lèvres se plaquent sur mon clito et le suce vigoureusement, il replie ses doigts en moi et frotte contre mon point G—mon Dieu, oui ! j'en ai un—mes hanches convulsent et je crie. Fort.

Qu'est-ce qui m'arrive ? Je viens tout juste de rencontrer ces hommes et je suis nue, les cuisses grandes ouvertes avec un mec qui me lèche et me suce la chatte. Trois hommes ! Je suis une traînée. Il s'est passé quelque chose pendant le transport, je suis une vraie salope dévergondée. Mais vu l'application déployée par mon partenaire pour me faire jouir avec sa bouche, je m'en fiche carrément.

« C'est trop bon, » dis-je en gémissant.

« Seulement bon ? entendis-je. On va faire en sorte que ce soit encore meilleur. »

Sa voix résonne en moi comme une insulte. Une grosse main se plante dans mes cheveux, ma tête se tord et se tire en arrière, c'est légèrement douloureux. Au lieu de protester, je cambre mes seins en poussant un petit cri. Encore. J'en veux encore. Comme s'ils lisaient dans mes pensées, une seconde main se pose sur ma gorge et la serre doucement, ça n'a rien de menaçant, c'est plus un signe de propriété, une marque de confiance.

Je devrais avoir peur, je devrais les supplier d'arrêter, le fait qu'ils me touchent me surexcite, ça dépasse l'entendement. Les doigts et la bouche de l'un de mes partenaires besognent mon vagin, je perds tout sens commun lorsqu'une bouche chaude se plaque sur chacun de mes tétons, les suce et les tire. Ils me tiennent, je ne vois rien, je ne peux rien dire. Je ne peux rien faire, hormis voler en éclats.

Je jouis. Je hurle. Je me débats. C'est l'extase.

C'est comme une expérience de dédoublement, le plaisir est si incroyable et si torride que ça m'aveugle, même les yeux fermés. Les hommes ne ralentissent pas, ils ne me donnent pas le temps de récupérer, leurs bouches ne s'arrêtent pas et leurs doigts épais experts continuent de s'enfoncer profondément en moi.

Je dégouline de sueur. Mon cœur s'emballe. Je n'arrive pas à reprendre mon souffle puisqu'ils ne me laissent aucun répit.

Je me sens molle et comblée, on enlève mes jambes des épaules de mon partenaire. De larges mains poussent mes genoux contre ma poitrine et deux autres paires de mains s'agrippent à mes cuisses et les gardent grandes ouvertes pour me baiser. Une queue se fraye un passage dans mon vagin, l'anneau en métal glisse sur ma peau sensible tandis que les lèvres de ma chatte s'écartent et qu'on me pénètre doucement. La boucle de l'anneau frotte contre le point G qui a été sollicité par les doigts de mon partenaire. Ma chatte est toute gonflée et étroite, si sensible que je ne peux réprimer un grognement.

« Mets-la moi toute, » murmurais-je, j'ai la bouche sèche à force de crier de plaisir.

J'ignore qui me saute, je suis plus excitée que je ne l'ai été de toute ma vie. Une bouche me colle un baiser torride. Ni doux ni mou. Je tourne ma tête de côté pour mieux goûter sa bouche et il enfonce sa langue. C'est doux, musqué et délicieux. J'essaie de lever les mains et de les enfoncer dans ses cheveux pour savoir qui me baise, qui m'embrasse, qui tète mes seins.

On m'en empêche. Des mains vigoureuses m'attrapent par les poignets et les tiennent derrière ma tête sur le lit, tandis que son frère pilonne ma chatte avec son énorme queue, il me baise jusqu'à ce que ma tête tombe sur le côté et que je le supplie de lécher mon clitoris, de me faire encore jouir, de m'apporter un certain soulagement.

L'homme qui me baise pose ses mains derrière mes cuisses, il les écarte en grand afin que les autres puissent prendre mes seins en coupe, tirer et titiller mes mamelons. Des mains attrapent mon cul, écartent mes fesses pour que son frère puisse me baiser, des doigts fourragent dans ma chair et font de moi exactement ce qu'ils veulent. Je ne sais pas qui me baise, ils ont raison ; c'est mieux de ne pas savoir.

Les bruits du sexe résonnent dans l'air humide, ce sexe glissant à l'intérieur et à l'extérieur de ma chatte. Leurs respirations haletantes se mêlent à mes soupirs et mes cris de plaisir.

« Elle est très étroite. » A ces mots, je me contracte sur le sexe qui est en moi. L'anneau en métal se frotte, mon propre anneau de clito s'enfonce à chaque fois qu'il me pénètre. Je vais encore jouir. C'est différent cette fois-ci. Encore. Je ne me branle pas, ce qui est formidable en soi. J'ai déjà joui deux fois rien qu'avec la bouche de mon partenaire et je vais encore jouir ... très prochainement, en me baisant cette fois-ci.

« C'est... oh, mon Dieu, c'est trop bon, » haletais-je dans la bouche chaude qui m'embrasse.

« Jouis, Leah. Je veux te sentir jouir sur mon sexe. » L'homme qui me baise l'exige sans détour, son ordre est impérieux et insistant.

Il ne m'en fallait pas plus. Ses paroles me libèrent et je me cambre à nouveau, la bouche de mon autre partenaire engloutit mes cris de plaisir. La bite qui me pénètre ne ralentit pas, elle bouge plus vite, à un rythme plus effréné. Il me pénètre une dernière fois et s'enfonce profondément en moi tandis que je retiens mon souffle. Lorsque je sens son sperme inonder ma chatte, me remplir d'une longue giclée bouillonnante et chaude, je jouis à nouveau. Je sens son sperme chaud jaillir en moi, je suis complètement inondée, la sensation est intense.

Quelques secondes plus tard les mains qui tiennent mes cuisses me lâchent, le sexe enfoncé en moi se retire doucement, tandis que l'attention de mon partenaire se tourne vers mon mamelon négligé, il le suce et le titille, je gémis, choquée par le désir qui monte encore plus rapidement en moi. Une giclée de sperme jaillit du sexe de mon partenaire, s'échappe de ma chatte et coule sur mes fesses.

Je halète et essaie de baisser mes jambes sur le lit. Peine perdue.

« On n'a pas terminé, Leah. » Le partenaire qui m'embrasse change de position et son frère s'installe entre mes jambes. Sa grosse bite me pénètre à nouveau, je m'agite, tentant de me soustraire aux sensations qui parcourent mon corps. Ça fait longtemps que je n'ai pas baisé et les bites de ces hommes sont vraiment énormes. Je ne suis pas habituée à recevoir tant d'attentions et de passion.

« Arrête de bouger. » Mon partenaire se met à côté de moi, sa main glisse sur ma gorge et je frissonne. Son frère mord mon téton, sa main tient mes mains en arrière tandis qu'une énorme bite s'enfonce en moi et s'appuie contre l'entrée de mon vagin, c'est limite douloureux.

Il se retire et me pénètre violemment, ses couilles battent contre mes fesses et le bout de de son sexe cogne contre mon utérus comme s'il explosait. Ma chatte est brûlante du sperme du premier partenaire, les produits chimiques dont ils ont parlé se répandent dans mon organisme à la vitesse de l'éclair. Cette notion est plutôt absurde mais je dois pourtant l'avouer. Je ne peux pas bouger. Je ne peux pas penser.

Il me baise brutalement et rapidement, sans finesse, comme un animal sauvage me procurant un tel orgasme que je hurle. Il éjacule en moi, sa bite énorme me remplit d'encore plus de sperme, d'encore plus de plaisir.

Oh, mon Dieu, je vais mourir avec tous ces orgasmes.

Il me laisse et je sais qu'ils n'ent ont pas encore terminé avec moi. La pression sur mes mains se relâche légèrement, j'attends que la troisième bite me pénètre. Je halète tandis qu'on me met à plat ventre, on glisse un oreiller sous mes hanches pour que j'ai le cul en l'air.

« Je ne pense pas pouvoir le supporter, » murmurais-je, la couverture froide rafraîchit mes joues et mes tétons sensibles.

Un craquement fend l'air et une claque s'abat sur mes fesses. Je sursaute de surprise mais une bite glisse entre mes lèvres et s'enfonce profondément, me clouant sur place.

« Tu m'as frappée ! » je ne sais pas sur lequel des frères je crie.

« Tu prendras tout ce qu'on te donnera. »

Sur le ventre, l'anneau de son sexe frotte une zone différente de ma chatte et engendre de nouvelles sensations. Ce frère n'est pas doux mais je suis tellement glissante de sperme et de ma propre excitation que c'est inutile. Il me baise comme un sauvage, ses hanches tapent contre mes fesses. Une main caresse mes cheveux, une autre frôle mon dos. Des doigts saisissent à nouveau mes fesses, malaxent mes fesses douces et écartent mon vagin pour son plus grand plaisir.

Je vais encore jouir, je m'abandonne, des mains me touchent, la bite me pénètre, on me murmure des paroles excitantes. Un doigt effleure mon anus, tout doucement d'abord puis, glisse en moi tandis que mon corps se cambre sous l'orgasme. Tout glissant du sperme qui me tapisse, il s'enfonce en moi tandis que tout mon corps s'arcboute et se détend, je me consume de plaisir. Ma gorge étouffe un cri, mes poumons empêchent le son de sortir. Mes doigts agrippent le lit, les mains qui tiennent mon cul et les miennes m'empêchent de bouger. Je ne suis plus là, je suis ailleurs.

Je n'ai jamais été sodomisée auparavant. Je suis sur Viken depuis moins d'une heure et j'ai déjà une bite dans la chatte et un doigt qui me branle l'anus. Je me contracte sur les deux, j'essaie de les garder à l'intérieur, voire, de les engloutir encore plus profondément. Je sens la queue se raidir en moi et une autre giclée de sperme m'inonde. Il gronde—j'ignore lequel est-ce—je vais sûrement avoir des marques sur les fesses.

Une main plonge dans mes cheveux, tire ma tête et la tourne de force vers son frère, il m'empêche de respirer en me collant un baiser, sa langue glisse dans ma bouche au moment où la bite dans ma chatte fait des allers-retours, mon corps est palpé de toutes parts. Il n'y plus rien de sacré. Plus rien n'est à moi. Je ne m'appartiens plus. Ce corps ne m'appartient plus. Il appartient à mes partenaires.

Mon corps est rassasié, comblé, mais ils me forcent encore à jouir, un orgasme qui monte doucement et me surprend. Des vagues de plaisir infini me parcourent et je gémis.

La bite qui me pénètre se retire doucement, l'anneau glisse une dernière fois sur ma muqueuse sensible. Le doigt sort de mon cul. J'ai toujours les yeux bandés, deux mains me maintiennent en place et me caressent le dos. Je suis contente de ne pas devoir bouger, je suis épuisée, mais leurs attentions continuelles me font du bien.

« Bien, le sperme reste à l'intérieur. »

Je suis trop épuisée pour écouter ce qu'ils dissent. Je ferme les yeux tandis qu'ils caressent ma peau, comme s'ils ne pouvaient pas arrêter de me toucher.

« Vous croyez que le sperme la fécondera ?

– Aussi vite que ça ?

– La puissance du sperme est déjà à l'œuvre. Elle a joui en même temps que nous. A chaque fois. La connexion est forte.

– Son corps retient le sperme dans son utérus.

– On va garder ses hanches relevées un moment.

– Il ne faudrait pas qu'elle en perde une goutte. »

J'ignore qui parle et je m'en fiche. Je m'endors, insouciante. J'ai trois hommes qui me désirent, qui m'aiment et adorent me sauter. Finalement, être sur Viken est plutôt positif.

5

ev

Nous ne dormons pas comme elle, nous nous asseyons sur le lit et la touchons. Nous nous habillons chacun à notre tour tandis que les deux autres restent auprès d'elle. Par un accord tacite, nous ne voulons pas la laisser seule, sans la toucher, ne serait-ce qu'une minute. Je sens tout à fait la connexion que nous partageons. C'est comme si elle faisait partie de moi, je ne pensais pas ressentir de lien, mais voilà que je l'ai trouvé. L'idée qu'elle puisse être séparée de moi est trop affreux pour que je l'envisage. Le pouvoir du sperme a évolué de telle manière qu'il nous lie à cette femme, sa force est assez puissante pour rendre ma bite et ma poitrine douloureuses. Mon sexe palpite, de nouveau prêt à la posséder.

Mais il faudra attendre. Elle est épuisée, à cause du transport depuis la Terre ou de notre séquence de baise. Ses cils roux reposent sur ses joues pales, elle est à plat ventre, les fesses en l'air. Des empreintes de doigts zèbrent ses fesses, marque temporaire de notre domination.

Il est difficile de résister à l'envie de la prendre à nouveau, avec son cul magnifique et sa chatte rose et gonflée devant nos yeux. Une goutte de sperme perle entre ses lèvres. Le fait d'avoir surélevé ses hanches a sûrement permis de mélanger le sperme tout au fond de son utérus, non seulement elle tombera bientôt enceinte, mais le pouvoir du sperme aura le dessus. J'ai encore envie de me branler et d'éjaculer mon sperme sur sa peau blanche, d'étaler ma semence et mon odeur sur chaque centimètre carré de son corps, pour qu'elle soit à moi, et à moi seul.

Mais ça ne la rendrait pas heureuse ; elle a besoin qu'on la baise tous les trois, elle doit porter la trace de notre sperme. Elle aime qu'on la pénètre doucement. Elle aime qu'on lui bouffe la chatte. Elle aime qu'on la baise brutalement. Elle est bien accouplée à nous trois. Mes frères éprouvent le même désir impérieux, ce même besoin urgent que je ressens envers cette femme. Elle a réagi favorablement avec chacun de nous, en amante exubérante et passionnée qui adore nos trois queues. Nous serions prêts à mourir pour la protéger et ce n'est pas un serment qu'un guerrier fait à la légère.

On entend crier à l'extérieur, il y a un problème. Nous nous figeons, prêts, nos esprits en éveil pour un danger éventuel. Drogan regarde par la fenêtre.

« Des flèches enflammées. On nous lance des flèches. »

La première explosion réveille notre partenaire qui se tourne sur le lit. Drogan se lève et me dévisage, les yeux plissés, la mâchoire serrée. « C'est quoi ce bordel, le Secteur Deux attaque Viken United ? »

Il se détourne de la fenêtre et me contemple, ses poings sont aussi serrés que mâchoires.

« Non. On ne ferait pas ça. » Je fais un pas vers Drogan. Il ne m'intimide pas.

« Alors pourquoi des centaines de flèches zèbrent le ciel et prennent les humains pour cibles ? Pourquoi tes armées belliqueuses font feu sur les bâtiments ? »

Je vais à la fenêtre pour confirmer ses dires. Apparemment, ce sont bien les flèches qu'on utilise dans mon secteur.

« Le Secteur Deux est le seul secteur utilisant des flèches téléguidées, gronde Tor. Qu'est-ce que tu fabriques ? Tu renonces à l'accouplement ? Tu tues l'un de nous ? Ou tu gardes Leah— il indique notre partenaire du menton, —pour toi tout seul ? »

Leah s'étire à nouveau sans se réveiller complètement. Ça prouve à quel point on l'a épuisée. Même si on y va mollo, se faire baiser par trois hommes est épuisant. Vu la menace qui pèse sur nous, elle semble bien trop douce et vulnérable.

« Si tu ne voulais pas, il fallait le dire avant qu'on la saute, » ajoute Drogan.

Je me rue vers la fenêtre avec Tor à mes trousses. Une nuée de flèches noires planent dans le ciel, elles s'abattront sur le sol au moindre mouvement. Plusieurs d'entre elles sont noires avec le bout rouge, elles exploseront sous l'impact. Mais ce ne sont pas mes flèches, ce ne sont pas mes hommes qui les décochent.

« Pourquoi ferais-je ça ? Si j'avais voulu une partenaire je l'aurais dit. Aucun d'entre vous n'a protesté au départ.

– Oui mais c'était avant que je la voie, avant que je la baise, réplique Tor en regardant Leah s'étirer. Mon sperme est en elle, tout comme le vôtre. Elle est à moi et je ne l'abandonnerai pas. »

Elle se réveille en baillant, se frotte le visage et s'aperçoit qu'elle est toute nue. Elle farfouille avec sa main au niveau de ses genoux et remonte la couverture. Gênée par le coussin, elle le pousse du milieu.

En partie couverte, les cheveux en bataille, sa peau blanche encore toute rosie par nos assauts, elle est encore plus excitante et désirable que jamais. Le drap blanc fait ressortir sa peau blanche et ses cheveux roux soyeux. Elle regarde dans la pièce et remonte la couverture sur sa poitrine.

« Que se passe-t-il ?

– Le Secteur Deux attaque Viken United. »

Elle écarquille les yeux, descend du lit et nous rejoint.

« C'est quoi le Secteur Deux ? »

Elle est couverte de la poitrine jusqu'en bas, on voit juste apparaître ses jambes minces lorsqu'elle marche. Ses épaules sont nues, j'aimerais l'embrasser. Drogan la saisit et la met derrière lui.

« Ne t'approche pas de la fenêtre.

« C'est pas le Secteur Deux, » répétais-je. Je passe ma main dans mes cheveux.

« Réfléchissez un peu mes frères. On a su pourquoi le régent nous avait fait venir ici une fois sur place. Il nous a fait venir tous les trois juste avant son arrivée.

– C'est quoi le Secteur Deux ? répète Leah.

– C'est là d'où je viens. »

Tor et Drogan se taisent et j'en profite. Au moins ils écouteront. Heureusement que ça ne s'est pas passé avant qu'on prenne notre partenaire.

« Pourquoi planifier un truc pareil ? Essayez de réfléchir d'un point de vue stratégique. Les flèches sont forcément du secteur : si c'est moi qui avait réellement attaqué, j'aurais utilisé autre chose pour ne pas me faire prendre. L'un d'entre vous a peut-être planifié ça pour que ça me retombe dessus. »

Ils échangent un regard.

« Quelqu'un a essayé de faire porter le chapeau au Secteur Deux pour qu'on s'étripe, » dit Drogan.

C'est aussi mon sentiment. « Si on s'étripe, Leah ne pourra pas tomber enceinte. L'alliance des trois secteurs sera caduque. »

Nous regardons notre partenaire, ébouriffée et bien baisée, elle regarde derrière le large dos de Drogan.

« Elle est peut-être enceinte, avance Tor. On lui a balancé assez de sperme.

– Enceinte ? elle sort de derrière Drogan. Comment ça enceinte ? »

Apparemment, les femmes sur Terre ne tombent pas enceinte comme sur Viken.

« Tu vas enfanter le vrai chef de Viken, » lui dit Tor.

Elle s'extirpe de derrière Drogan. « Alors vous m'avez baisée parce que vous aviez besoin d'une pouliche, parce que vous aviez besoin d'un enfant pour votre stupide alliance, et non pas parce que vous aviez envie de moi ? »

La peine et la colère se lisent dans ses yeux. Je lis la défaite dans son regard et ses épaules tombantes.

« Je ne sais pas ce qu'est une pouliche, mais ça ne me plaît pas. On te désire Leah » dis-je en m'approchant. Elle recule et détourne le regard.

« Nom de dieu, les mecs sont vraiment tous les mêmes, marmonne-t-elle. J'ai quitté la Terre pour échapper à un connard qui croyait que j'étais à lui, tout ça pour tomber sur trois autres.

– On n'a pas le temps de t'expliquer maintenant, dit Drogan. Ça outrepasse le plan du régent, à moins qu'il ait eu vent d'une supercherie de la part des factions rebelles ou d'un nouvel ennemi.

– Un ennemi prétendant provenir du Secteur Deux, dis-je

– Ok pour bosser ensemble ? » Tor nous regarde et nous échangeons un regard semblable. Frustration, colère, protection.

Protection. C'est ça. « Ils veulent Leah. »

Tor et Drogan marquent une pause.

« Ce serait une excellente raison pour qu'on s'écharpe, ajoute Tor.

– Qui ? demande-t-elle. Qui veut de moi ? »

Hormis les trois hommes avec lesquels elle est accouplée ? Hormis les trois hommes qui l'ont baisée et lui ont donné leur sperme ? Hormis le sperme de ces trois hommes dont elle ne pourra bientôt plus se passer ?

« Nous l'ignorons, mais il est de notre devoir et notre privilège, de te protéger, lui dit Tor.

– Oui, renchérit Drogan.

– Nous craignons que tu sois la cible des factions rebelles qui ont intérêt à diviser la planète, qui ne veulent pas que tu portes le seul et unique héritier, » dis-je.

Tor s'approche de la fenêtre et baisse le store. « Nous devons nous séparer et quitter Viken United. »

Viken United est un terrain neutre. Une petite ville située sur une île, abritant des réunions pacifiques, tous secteurs confondus. Il est rare que les dirigeants des secteurs se rencontrent ; je n'avais jamais rencontré mes frères avant ce jour. Peut-être parce que nous sommes identiques et avons un objectif commun, le pouvoir de notre sperme en particulier, ce qui fait que nos différences s'évanouissent. Jusqu'à présent, notre objectif était d'être les chefs justes et responsables de nos secteurs respectifs. Et maintenant ? Nous faisons front pour Leah.

« Oui, nous nous retrouverons en terrain neutre, dans un lieu où personne ne reconnaîtra les chefs des trois secteurs ou leur partenaire. » Je marche en parlant, Leah nous regarde d'un air blessé et circonspect à la fois.

« Un centre de recrutement des épouses Viken ? » Tor fait cette suggestion, plus j'y pense, plus l'idée me semble intéressante.

« Une cabane à baise ? » Le surnom parle de lui-même, tous les hommes de la planète savent pertinemment ce qui se passe dans les cabanes isolées situées sur les terrains du centre de recrutement. Les femmes sont formées, fessées et baisées sous la contrainte. L'idée d'amener Leah là-bas, l'attacher, le cul en l'air, les jambes grandes ouvertes pour accueillir ma verge ... je remets ma bite en place dans mon pantalon rien qu'en y pensant. Dans le Secteur Deux, nous dominons nos femmes, nous satisfaisons leurs besoins et leurs désirs les plus fous. Nous nous assurons qu'elles ne regardent pas ailleurs, qu'elles n'aient pas besoin d'un autre, que leurs désirs les plus secrets soient comblés. J'ai hâte de découvrir les fantasmes qui se cachent derrière le regard innocent de Leah.

Les Vikens ont édifié les centres d'entraînement des partenaires, ils sont souvent utilisés par les guerriers à leur retour du front contre la Ruche au fin fond de l'espace. Les guerriers Viken combattent sur des vaisseaux interstellaires, ils combattent la Ruche, comme tout guerrier des autres planètes membres. Ils en envoyaient moins que ça dans le temps, des hommes experts et agiles sont toujours au front. Les guerriers assez chanceux pour obtenir une recommandation et le grade d'officier se voient offrir une épouse à leur retour par le programme de la coalition. Les centres d'accouplement garantissent l'intimité, la sécurité et l'équipement nécessaire pour former une nouvelle épouse.

« Ils vont nous chercher tous les trois et Leah, dit Drogan. Nous ne leur donnerons qu'un homme et une partenaire. »

Tor comprend immédiatement. « Etre semblable peut s'avérer utile. »

Leah semble perplexe mais se tait.

Drogan va dans la salle de bains et prend des ciseaux.

« Lev, ton secteur est concerné, tu vas prendre Leah. On va faire comme si on croyait que ce sont des flèches du Secteur Deux et que tu la ramenais chez toi.

– Oui, c'est un bon point, acquiesçais-je.

– Non, » dit Leah en regardant le sol puis nous. Elle n'a plus du tout l'air perplexe, mais l'esprit clair et concentré. « J'ignore ce qui se passe, mais si je veux obtenir des réponses de vous trois concernant toute cette cérémonie de reproduction, on devrait d'abord se mettre à l'abri non ? »

Nous hochons la tête.

« Alors j'ai une idée, poursuit-elle.

– On a hâte de l'entendre, » dit Drogan en croisant ses bras sur sa poitrine.

Leah sourit. « Un tour de passe-passe. »

Je sais foutre rien de ce qu'est un tour de passe-passe, mais lorsqu'elle explique son stratagème, je me rends compte que notre partenaire n'est pas uniquement belle, mais également intelligente et rusée. Une idée incroyable qui nous convient tous les trois à la perfection.

―――

Leah

Je n'ai pas la moindre idée de ce qui se passe. Pas la moindre. Les hommes disent qu'on nous lance des flèches et je suis perplexe. Des flèches ! Entre la robe longue et les armes, j'ai l'impression d'avoir atterri dans la forêt de Sherwood, et non pas sur Viken. La curiosité est la plus forte, je veux voir ces flèches mais Drogan ne veut rien savoir. Il se met devant moi et m'empêche de regarder par la fenêtre. Au début, ses manières d'homme des cavernes m'agaçaient, mais je m'aperçois que c'est pour me protéger, son corps fait office de bouclier.

Je ne comprends rien à leurs discussions concernant les secteurs, mais je m'y entends en politique. Mon père était un conseiller municipal haut placé et j'ai suivi de nombreuses conversations lors de dîners durant lesquels des accords et des contrats se concluaient par une simple poignée de main. J'ai marché dans ses traces un certain temps, j'étais une simple secrétaire municipale, j'avais envie de prendre du galon et pourquoi pas devenir chef. Mais c'était avant que je rencontre mon fiancé. Il m'avait persuadé de quitter mon poste, pour devenir plus dépendante de lui. Ça aurait dû me mettre la puce à l'oreille.

Ici et maintenant, dans ce monde extraterrestre, quelqu'un essaie de m'enlever à ces trois hommes, de les diviser, non pas d'un point de vue géographique mais en misant sur la suspicion et d'anciennes méfiances. Il me semble que leurs liens fraternels sont plus forts que ceux qui les lient à leurs secteurs respectifs. C'est peut-être dû aux sentiments incroyablement forts que je leur voue. Lorsque j'ai vu Drogan parmi tous ces hommes, j'ai immédiatement su que c'était mon partenaire. Et maintenant, le sentiment s'est renforcé.

L'attirance que je ressens envers ces trois hommes est intense. J'ai besoin d'eux, j'ai besoin qu'ils me touchent, j'ai besoin de leur sperme, c'est dingue. Leur sperme ! C'est comme si j'étais en manque de drogue. Ils ont parlé du pouvoir du sperme, j'ignore de quoi il s'agit. J'ai tant de questions, mais ce n'est pas le moment. On doit s'échapper de ceux qui nous lancent les flèches et j'ai une idée. Ils ne sont heureusement pas trop vieux-jeu et écoutent. Ils sourient, mon plan leur convient.

Drogan me tend les ciseaux et s'agenouille à mes pieds. « Coupe-les à la même longueur que ceux de Lev, » dit-il.

À genoux il est à la bonne hauteur, je peux facilement couper ses longs cheveux. Je les lui coupe, ceux de Tor sont légèrement plus longs que ceux de Lev. Ça ne prend pas longtemps, ils ont bientôt tous les cheveux à la même longueur, ils se ressemblent, hormis la cicatrice sur le sourcil de Lev. Mais la différence est minime. De loin, ce n'est pas évident du tout. Ils ont changé de vêtements, Drogan s'éclipsant un moment pour revenir avec un vêtement noir identique à celui de Lev. Tor et Drogan mettent de nouveaux vêtements, ils se tiennent tous les trois face à moi, je reste bouche bée, sous le choc. Ils sont parfaitement identiques. Mais je sais les différencier maintenant. Je les reconnais : Lev le ténébreux, Tor le coléreux, Drogan le fier. Ils m'ont tous possédée, la puissance de leur sperme à un goût unique, je suis folle de désir, pour chacun deux.

Je ne les connais pourtant que depuis deux ou trois heures. C'est dingue. Tout n'est que pure folie depuis mon arrivée. Sentir leur sperme collant glisser le long de mes cuisses est presque une drogue et je crois que je suis plutôt accro.

Lorsque Lev me tend ma robe, je m'aperçois que je leur ai coupé les cheveux en un clin d'œil. Ce n'est qu'alors que je prends conscience de mon corps. Je n'ai pas mal, mais je me sens très fatiguée. Ma chatte est endolorie et je sens à nouveau mon clitoris, l'anneau enfoncé dans mon petit bouton me procure une excitation constante. C'est vrai, ça me donne envie de recommencer. Être baisée par trois hommes, l'un après l'autre, ne me suffit pas. J'en ai encore envie. Encore et encore.

« Prête ? » demande Tor.

Je hoche la tête tandis que les trois hommes défont le lit et préparent le leurre.

« On va vers la mer, rendez-vous ce soir, » dit Lev.

Drogan acquiesce. « Prends-la, Lev. Restez dans la cabane jusqu'on soit tous réunis et qu'on définisse la marche à suivre. Mais ne la saute pas frérot. On doit la partager entre nous trois, jusqu'à ce qu'elle tombe enceinte. »

Lev m'enroule dans le drap et me prend dans ses bras, il ne me laisse pas le temps de penser à la fameuse notion de reproduction. J'aime bien être dans ses bras, comme si je rentrais chez moi. Drogan se penche et m'embrasse tendrement avant de m'enrouler complètement dans le drap.

« Attends, » dit Tor. Il baisse le drap, m'embrasse à son tour et recouvre mon visage.

Je ne vois pas ce qui se passe par la suite mais je suis rassurée dans les bras de Lev. Des bruits de voix s'élèvent une fois à l'extérieur, on crie et Lev se met à courir. On me pose sur une surface dure, le sol bouge. Je bouge, je glisse. Je ne comprends rien, jusqu'à ce que j'entende le bruit de l'eau. Un bateau. Je reste silencieuse et immobile, Lev murmure. « Tu peux ôter le drap de ta tête mais ne te lève pas tant qu'on ne sera pas loin et en sûreté. »

Je ne sais pas si le plan a fonctionné—Drogan et Tor portent des oreillers enroulés dans des draps pour servir d'appâts—nous sommes hors de danger. Si le groupe tirant les flèches à fait allégeance envers un frère en particulier, il craindra de le tuer. Je ne sais pas si les autres frères ont réussi à s'échapper. Je sais simplement qu'on sera bientôt tous réunis. Mon corps les désire, tous les trois, j'ai besoin de les sentir en moi, sinon j'en mourrai.

J'enlève le tissu de sur mon visage et respire avidement l'air humide. Le ciel bleu est ponctué de nuages blancs. Je me croirais presque sur Terre. Les deux lunes dans le ciel me rappellent que je suis dans mon nouvel univers, ma nouvelle vie. Je regarde devant moi, Lev a une rame. A chaque fois qu'il la soulève, l'eau goutte de l'aviron en bois. On doit être dans un canoë en bois, ce qui explique la sensation de glisse et sa forme effilée. Ça sent la mer, cette odeur salée caractéristique qui remplit l'air. Je regarde tranquillement, pendant de longues minutes, l'homme qui vient de me baiser. Ma chatte se languit de leurs attentions viriles. M'a-t-il baisée en premier ? M'a-t-il pénétrée les cuisses grandes ouvertes ou m'a-t-il retournée et prise par derrière ?

J'avais les yeux bandés, j'ignore qui m'a fait quoi. Ils m'ont prise tous les trois ensemble. Peu importe la bite qui m'a pénétrée, ils m'ont tous baisée. Mais j'aimerais bien savoir comment il m'a touché, quelle bite est la sienne.

Je le dévisage. La ressemblance entre eux trois est frappante. Une mâchoire carrée et une barbe naissante. Ils ne m'ont pas permis de les toucher, je me demande si leur barbe est douce ou pique. Lev a les yeux sombres, plus foncés que ses cheveux. Sa peau hâlée prouve qu'il passe sa vie dehors. La cicatrice qui coupe son sourcil en deux prouve qu'il a vu le danger de près. Ils n'ont pas paniqué à l'annonce de l'attaque, cela constitue une preuve supplémentaire. Ces hommes sont des guerriers.

« Vous m'avez baisée par devoir, dis-je calmement. Aucun de vous ne veut de partenaire. » Je sens la colère monter. Mes émotions changent si rapidement que je sens que je bouillonne. Perplexe, blessée, en manque, tout se mêle. Il m'est arrivé tant de choses en l'espace de quelques heures à peine—sans parler du fait de me faire sauter par trois étrangers—que je suis bouleversée. Si j'étais sur Terre, je dirais que c'est la faute aux hormones. Ici, c'est peut-être lié au pouvoir de leur étrange sperme. Quoiqu'il en soit, des ennemis inconnus en ont après moi, pour les sombres histoires que j'imagine. Pour mes partenaires, je ne suis qu'une usine à bébés, point barre.

Lev scrute dans toutes les directions, aux aguets, en vue d'un éventuel danger. Il ne me regarde pas lorsqu'il répond. « Viken est une planète compliquée, Leah. La guerre dure depuis des décennies, la paix y est fragile. Mes frères et moi sommes les vrais chefs de Viken. Séparés en bas âge, nous avons maintenu la paix, au prix d'une planète divisée. C'est toi et notre enfant qui unira à nouveau les Vikens. »

Je suis allongée dans un canoë en bois—un simple canoë —et je détiens ce pouvoir en mon sein ? Ok. Comment se peut-il que moi, simple Leah venant de Terre, détienne un tel pouvoir ? Je remarque qu'il n'a pas répondu à ma question.

« Tu n'avais pas envie de moi, Lev. Aucun d'entre vous n'avait envie de moi. Vous voulez simplement sauver votre monde en me mettant enceinte. » Il entend sûrement le mépris dans ma voix lorsque je crache ce mot.

J'aimerai avoir des enfants un jour, mais pas parce qu'il faut un enfant pour faire régner l'harmonie sur la planète. J'aimerai avoir un enfant avec un homme—et non pas avec trois—un homme qui veillera sur lui lors de ses nuits sans sommeil, ses premiers pas, toutes ces étapes durant lesquelles un enfant se développe et devient adulte. Je veux que mon enfant soit un enfant de l'amour, et non un enjeu politique.

Il croise mon regard. « Non, je ne voulais pas de partenaire. » Il ne le nie pas mais ne minimise pas pour autant la peine que peut m'infliger ses mots. « Nous avons tous les trois été convoqués aujourd'hui sur Viken United sous un faux prétexte. Tu représentes la tentation, comme si tu étais une friandise. La dernière fois que mes frères et moi étions dans la même pièce, nous n'avions que quatre mois. »

– Et on vous a séparés, vous avez grandi dans des secteurs différents ? » demandais-je, essayant de glaner des souvenirs de leurs mondes d'avant.

Je ne peux pas imaginer ça, séparer des frères pour des motifs politiques. J'ai entendu parler de jumeaux capables de lire dans les pensées de l'autre. J'ai entendu qu'on ne pouvait pas les séparer, que ça leur faisait du mal. J'ai même entendu dire qu'ils sentaient si leur jumeau mourrait. Mais des triplés séparés si jeunes ? J'ai de la peine pour eux. Je ne suis peut-être pas l'unique sacrifiée.

Lev hoche la tête.

« Quand nos parents ont été assassinés. » Il fait passer l'aviron de l'autre côté et le bateau vire légèrement.

« Notre séparation a maintenu la paix, a sauvé de nombreuses vies. Mais pas assez. Ce n'est pas assez. On passe notre temps à se tuer les uns les autres au lieu de protéger la planète. Nos guerriers étaient contents d'eux, ils ont oublié quel était le vrai danger qui planait sur notre peuple. Tu es là pour le leur rappeler. Notre enfant les fédèrera.

– Comment peux-tu croire à ça ? On ne se connaît que depuis quelques heures et la bataille a déjà commencé. »

Il penche la tête et me regarde. « Le conflit a toujours existé mais ton pouvoir est immense. Et certains d'entre nous ne veulent pas la paix.

– Comment pourrais-je être puissante ? demandais-je, c'est bien ce que je pensais. Je ne suis qu'une Terrienne qui a fui parce que— » je me mords la lèvre, je ne veux pas qu'il apprenne ma lâcheté. Si je suis la femme de la situation, le maillon qui unit ses hommes pour avoir un bébé ensemble, la mère d'une nouvelle vie destinée à devenir le chef de toute la planète, il n'a pas besoin de savoir que je suis assez nulle pour m'être fiancée à un homme aussi mauvais et dangereux et avoir cru à ses mensonges.

« Tu as un grand pouvoir, parce que nous avons choisi de te le donner, » répond-il.

Je fronce les sourcils. « Je... Je ne comprends pas.

– Je constate que notre lien n'est pas un choix fait de notre plein gré. Le lien entre les partenaires est trop fort. Tu t'en es aperçue quand tu as vu Drogan parmi les autres hommes. »

Je ne peux pas le nier.

« Mais le pouvoir du sperme qui nous unit nous rend tous les quatre dangereux, vis à vis de ceux ayant des plans inavouables.

– Vous en avez déjà parlé. Le pouvoir du sperme ?

– Lorsque le sperme d'un Viken touche sa partenaire, qu'il enduit sa chatte, les partenaires sont alors unis d'un point de vue fondamental. Nos corps changent au niveau cellulaire, tout comme le tien d'ailleurs. Je sais que tu ressens cette attirance, ce désir, cette force qui rend accro. »

Je secoue la tête, je refuse la vérité. On m'a changée au niveau cellulaire ?

« Comment tu te *sens* ? » Il me déshabille du regard et je m'agite, heureusement qu'il ne peut pas voir mes tétons durcir ni ma chatte se contracter. Je garde le silence, il me contemple, le regard sombre mais autoritaire. Je pourrais me noyer dans ses yeux, tout oublier et m'y perdre.

« Leah, je suis le frère qui t'a attachée et a fait ce qu'il a voulu de toi. Je suis celui qui t'a prise sur mes genoux et t'as fessée parce que tu étais une vilaine fille. »

Je reste bouche bée, j'ai envie de hurler. Je me suis encore fait avoir ? J'ai fait confiance à un connard qui va me taper, qui va—je ne veux pas y songer. « Tu ... tu vas me frapper ?

– Te frapper ? Jamais. Il secoue lentement la tête. Je te

demande obéissance. Je te procurerai du plaisir. Un merveilleux plaisir. Je me fierai à ta respiration et aux battements de ton cœur. Je saurai si tu mens, je saurai si tu te retiens, quand tu as vraiment besoin de jouir et quand ton corps a juste envie de prendre le dessus. »

Je secoue la tête en retour.

« Non.

– Tu n'aurais pas été accouplée à moi si tu n'avais pas voulu être mienne Leah. Imagine que j'attache tes poignets à la tête du lit pour que je fasse ma petite affaire. Imagine que c'est ma bite qui s'enfonce dans ton cul, au lieu de mon doigt. Imagine que je me retienne jusqu'à ce que tu jouisses en hurlant, que tu perdes ton sang-froid., jusqu'à ce que je t'ordonne de jouir sur ma bite ou ma langue. »

Ainsi donc c'est Lev qui m'a prise par derrière, qui a enfoncé son doigt dans mon trou du cul vierge, qui m'a baisée sauvagement, au point que c'en était presque douloureux, avant que j'explose de plaisir ? Oh, mon Dieu, je suis mortifiée et excitée à la fois.

« Le pouvoir du sperme n'a pas que des répercutions sur toi. Sur moi aussi. Tor et Drogan, aussi. Ils le ressentent certainement d'autant plus qu'ils ne sont pas à tes côtés. Dis-moi. Comment. Tu. Te. Sens ? »

Il parle d'un ton sec et tranchant, je réponds sans réfléchir.

« Je ne sais pas ce *que* je ressens exactement. L'envie, le manque, l'excitation. Le désir.

– Nos bites te manquent ?

– Oui, parce que ... parce qu'ils ne sont pas là.

– Tor et Drogan ? »

Je me lèche les lèvres, inquiète qu'il puisse imaginer que je pense aux autres et pas à lui. « Oui. Ils ... Ils me manquent.

– C'est bien.

– Tu vas pas me frapper ou me ligoter ? »

Il plisse les yeux. « Je vais faire les deux et tu vas adorer. »

Je ne sais que répondre, je me pose la question de pourquoi je suis si fascinée, si excitée par ses plans très chauds, après tout ce qui m'est arrivé sur Terre et je change de sujet.

« Où va-t-on ?

– Dans un centre de formation des nouvelles épouses assez éloigné. La plupart des partenaires ne sont pas formées ici mais de nombreux guerriers rentrent des combats sans les connaître. Pour qu'un accouplement soit réussi, une retraite dans ce camp peut s'avérer utile. Ce centre spécifique est le plus éloigné, le plus reculé. Il est consacré aux femmes Viken les plus récalcitrantes.

– Tu me trouves récalcitrante ? Sérieusement ? Je suis une Terrienne, je ne suis pas récalcitrante, » grommelais-je. Faire la cour n'est pas son fort. Tout ce qu'il m'a dit—mon humeur, le fait qu'il veuille m'attacher—ne me fait pas vraiment flasher. Et pourtant, j'ai une envie folle de lui, inutile de le nier.

« Ça n'avait pas l'air de te gêner quand on t'a baisée tout à l'heure, mais il va falloir quelques réglages pour que tu deviennes une femme Viken qui découvre son nouveau partenaire.

– Oh ? Par exemple ?

– Pour commencer, tu n'es pas vierge, nous devons donc nous débarrasser de toute ancienne connexion.

« Je t'assure, » grognais-je en repensant à mes amants sur Terre, qui, après l'amour, se sont révélés être de véritables loques. « Il n'y a pas d'anciennes connexion. Tu crois que je serais sur une autre planète si c'était le cas ?

– On ne te connait pas, tout comme tu ne nous connais pas. Même avec le pouvoir de notre sperme, tu vas être obligée de te conformer à nos besoins sexuels, des besoins auxquels tu as été accouplée, mais, comme tu viens de le prouver, tu refuseras probablement.

– Je ne vous ai rien refusé, répliquais-je. J'ai baisé avec trois étrangers quelques minutes après mon arrivée. » Aussi mortifiée que puisse l'être ma mère—elle se serait retournée dans sa tombe si elle avait su—j'avais adoré chaque minute. Je fixe l'horizon sur ma droite, je vois les deux lunes se lever en silence, tels des disques dorés dans le ciel du soir. Quelques étoiles apparaissent entre les nuages mais je ne les reconnais pas. L'humidité pesante s'accentue tandis que le gros soleil orange se couche sur ma gauche, le froid qui s'insinue à travers la couverture me donne la chair de poule. Je sens mes mamelons durcir mais je n'en ai cure. Je n'ai pas besoin de ce genre de distraction pour le moment, pas avec Lev qui me scrute comme s'il voulait me sauter dessus et me baiser comme un malade.

Il incline son menton dans ma direction. « Enlève le drap et relève ta robe. Je veux voir ta chatte. »

J'écarquille les yeux et pousse un cri perçant, « Hein ? Mais il fait froid.

– Je croyais que tu ne devais rien me refuser. Si tu ne veux pas être punie, obéis-moi. Montre-moi ta chatte. »

Bien que j'aime qu'il me désire, je ne suis pas prête, je lui demande alors, « Les gens ne vont pas se demander ce que font des triplés identiques dans un pseudo centre de partenaires récalcitrantes ? »

Lev arque un sourcil mais répond à ma question. « Ils ne verront pas trois hommes ; ils n'en verront qu'un. Personne ne nous connaît ici, personne ne sait que nous sommes des triplés. Je t'assure qu'au centre, ils seront tous ... occupés par leurs petites affaires. »

J'imagine à quoi ils vont être occupés. A baiser. A attacher des femmes et les faire hurler de plaisir. Qu'elles les supplient. Mon clitoris se contracte autour du petit anneau.

« Nous ne nous montrerons pas en public ensemble, poursuit-il. Tu seras à chaque fois seule en notre compagnie, nous ne serons réunis tous les quatre qu'au fin fond de notre cabane de baise.

– "Une cabane de baise ? *Sérieusement ?* Ce monde est si primitif que ça ? » J'ai l'impression de faire un retour dans le passé. « Je croyais que la Terre était la planète la moins avancée, avec les hommes les plus primitifs.

– Nous sommes beaucoup plus avancés que sur Terre, je t'assure. Nous choisissons juste de vivre plus simplement.

– Comme le canoë.

– Comme le canoë, répète-t-il. Et maintenant montre-moi ta chatte. »

Il sait ce qu'il veut.

« Et si je refuse ?

– Ta désobéissance t'a déjà value une fessée, si tu refuses une seconde fois, ça rallongera d'autant ta punition.

– Tu veux que je m'exhibe devant toi ! »

Il sourit de toutes ses dents. « Effectivement. Mais ça va te plaire. Je te le promets.

– Tu vas me taper si je n'obéis pas ? »

Il rit à gorge déployée, penche sa tête en arrière en direction du ciel, sa pomme d'Adam s'agite. « Je te fesserai quoiqu'il en soit partenaire. » Il me sourit d'un air machiavélique. On dirait qu'il a hâte d'y être. Je jette un œil sur ses genoux. Appuyée contre la grosse bosse qui se presse contre son pantalon, ça donne très envie. « La décision t'appartient, à toi de voir si tu viens quand je te le demande. »

Il a l'air d'être patient, je prends le temps de la réflexion. Je regarde le ciel de Viken et lui. Il regarde partout, sur ses gardes, et rame sans effort, les muscles de ses épaules et de ses bras bougent. L'eau dégouline au bout de l'aviron, le vent ébouriffe mes cheveux sur mon front. Tout est si calme. Si simple. Mais est-ce vraiment le cas ?

Oui, je permettrai à ces trois hommes de me sauter mais cette fois-ci c'est différent, plus intime. Il en a envie —non, il l'exige—à moi de décider si je veux me donner à lui. Mon esprit dit non, mais mon corps, mon Dieu, mon corps dit oui. Il lit peut-être dans mes pensées car il se met à parler, tout en scrutant les alentours.

« Ma bite est dure comme de la pierre. C'est peut-être dû au pouvoir du sperme, mais j'ai envie de toi. Drogan a goûté ta chatte, ça me donne l'eau à la bouche. Je me demande si tu es aussi sucrée que je l'imagine. Il paraît que lorsqu'une femme entre en contact pour la première fois avec le sperme de son partenaire, le besoin est très puissant. Il est supposé s'estomper au bout d'un certain temps, mais ça peut prendre des années, voire des décennies. »

Des décennies à ressentir ça ? Je me lèche les lèvres face à ce monde décadent. Ils ne vont pas se lasser de moi ?

« Tes mamelons ont dû durcir et ton clitoris ... ton clitoris doit être gonflé et très sensible avec son anneau. Je suis persuadé qu'à chaque fois que tu bouges, l'anneau doit te donner envie de sentir ma langue brouter ta chatte. »

Je rejette le drap, ses mots cochons ont fait monter la température sous le drap et sous ma longue robe. Il esquisse un sourire mais ne fait aucun commentaire sur ma reddition.

« Tes fluides et notre sperme doivent couler le long de tes cuisses. » Il se tourne pour me regarder. Son regard me transperce, comme si j'étais touchée par l'une de ces fameuses flèches. « Montre-moi, Leah. »

Je me concentre sur lui, j'oublie toutes les raisons qui me pousseraient à refuser. Je remonte peu à peu ma robe avec mes mains.

« Ecarte tes jambes pour moi. »

Je m'allonge devant lui, j'écarte mes jambes et surélève les pieds sur le banc installé devant moi dans le bateau. Tandis que j'appuie mes genoux sur les bords du bateau pour m'assurer que je sois bien en vue, l'air froid passe sur ma chatte.

Il plisse les yeux, baisse les paupières. Sa mâchoire se contracte et son membre se raidit dans son pantalon.

« Si je n'étais pas en train de ramer, j'aurais bien mis mon visage entre tes jambes. »

Je laisse échapper un petit gémissement.

« Tu vas insérer trois doigts bien profondément dans ta chatte et les y laisser jusqu'à ce qu'on arrive. Tu n'as pas le droit de les bouger et tu n'as pas le droit de jouir. »

6

Une heure aura suffi pour basculer de la raison à la folie pure. L'instant d'avant, le régent nous informait de l'accouplement qu'il m'avait organisé—nous avait organisé—l'instant d'après, elle arrivait en provenance de la Terre. J'ai ressenti la connexion dès que je l'ai vue. J'ai su qu'elle était mienne dès que j'ai léché sa chatte et l'ai goûtée. Tout a basculé lorsque j'ai déchargé en elle, plus violemment que jamais de toute ma vie. Le pouvoir du sperme doit avoir des répercussions sur Leah, il a également fichu un sacré bordel en moi.

Nous nous sommes séparés au moment où une nuée de flèches s'abattait sur nous. Nous avons prévu de nous retrouver dans la cabane à baise. Au moment de notre séparation, l'effet qu'elle me procure est devenu évident. Leah est partie avec Lev dans une direction et je suis parti dans l'autre. Tor dans la troisième. Le manque se fait cruellement sentir, comme si j'avais un membre sectionné. Je ressens une douleur en moi—hormis le fait que je bande, mon corps se languit d'elle. Je sais que Lev la protègera au péril de sa vie mais tant que je ne l'aurais pas touchée, je ne me sentirai pas complet.

A mon arrivée au centre de formation des épouses Viken, une nuit sombre est tombée. Je me faufile à l'intérieur de la cabane qu'on a choisi, je tombe sur Tor, il est déjà là, il attend, je sais qu'il est ému. Nous nous connaissons à peine—voire pas du tout—mais nous ressentons la même chose pour Leah, ou l'absence de Leah.

« Si Lev ne se dépêche pas de l'amener, je vais sortir de mes gonds, » dit-il, d'une voix teintée de frustration et d'une pointe de colère. Les cabanes sont bien espacées les unes des autres et isolées dans la nature, dans un endroit intime. Personne ne risque de venir frapper à notre porte. La moitié du complexe est consacrée à la formation des nouvelles épouses, l'autre moitié est destinée au recrutement des épouses envoyées à d'autres guerriers, sur d'autres planètes. Quoiqu'il en soit, l'intimité est préservée.

Personne ne viendra nous déranger mais Tor ferme la fenêtre avant d'allumer les lanternes.

« Je sais. J'ai besoin de jouir, de baiser, ça devient presque douloureux, mais je ne pense pas que ma main fasse l'affaire. »

Tor ricane. « On a grandi en se détestant et il nous a fallu moins d'une journée pour nous réconcilier. On essaie de nous diviser. Nous sommes frères et pourtant des étrangers, et on se languit de la même femme. On devrait se sauter à la gorge non ? Je devrais avoir envie de te tuer ne serait-ce que parce que tu songes à baiser ma partenaire. Qui est aussi la tienne.

– Pour une raison étrange, je ne suis pas jaloux de toi. » Je regarde l'homme qui me fait face. « Si ça avait été quelqu'un d'autre que toi ou Lev, un étranger—

– Il serait mort. »

Je lui aurais arraché les membres, un par un. « Tout à fait d'accord. »

Je jette un œil dans la vaste pièce, je survole les biens de première nécessité—coin cuisine, salle de bain, table et chaises—et reporte mon attention sur l'équipement d'accouplement. Il comporte un banc servant spécialement à baiser, permettant à la femme d'être installée la tête légèrement en contrebas, afin que le sperme reste bien en elle, non seulement pour qu'il la féconde, mais pour s'assurer que le pouvoir du sperme fonctionne bien. Connaissant Lev, ce banc lui sera très utile pour la fessée.

« Une fois qu'elle sera arrivée, on lui apprendra comment devenir une partenaire Viken. La séance de baise hier n'était que des préliminaires, pour que notre sperme soit sur elle, en elle, afin de la protéger et éviter toute tentative de baise par autrui. Une fois ici, la former pour faire en sorte que son corps nous accepte tous les trois ne devrait pas s'avérer trop compliqué.

– Elle nous a pris en beauté tout à l'heure. Si elle me fait cet effet alors qu'on a baisé une seule fois, on ne devrait pas avoir de mal à la mettre enceinte. »

J'ouvre un tiroir et tombe sur tout un tas de godes

fournis par le centre, toutes les cabanes de baise en sont équipées. Des godes, des plugs, des cordes, des chaînettes, des bâtons et bien plus encore. Tout ce dont un homme a besoin pour sa partenaire. « Si elle n'est pas déjà enceinte, l'effort qu'il nous en coûtera pour la mettre enceinte ne sera que pur plaisir. »

Tor se contente de grommeler, il remet sa bite en place dans son pantalon.

Des bruits de pas sur le sol meuble rompent le silence de la nuit. Lev franchit la porte avec Leah à sa suite. La souffrance que j'ai ressentie lorsque nous sommes partis s'évanouit, elle est remplacée par un sentiment d'euphorie, comme si j'étais sous l'emprise de drogues. Elle porte la même robe longue, ses cheveux sont légèrement ébouriffés. Elle a les joues rouges, elle respire vite, comme si elle avait couru au lieu d'être arrivée par bateau.

Tor et moi avançons d'un pas vers elle au même moment, elle se précipite vers nous et nous prend dans ses bras. Elle plante ses doigts dans mon dos et respire tout contre, elle presse son visage contre ma poitrine et fait de même avec Tor.

Son odeur est un puissant aphrodisiaque. Je ne peux réprimer un rugissement.

Leah recule et nous regarde d'un air hagard. « J'ai besoin de vous. Mon Dieu c'est dingue, mais j'ai besoin de vous toucher. »

Elle tire sur sa robe boutonnée dans le dos et s'énerve.

Tor la prend par les épaules et la fait pivoter afin qu'elle lui présente son dos. Au lieu de les défaire un par un, il tire de part et d'autre, les boutons sautent et atterrissent par terre. Elle n'hésite plus cette fois-ci.

Il tire sur la robe qui glisse sur son corps, elle est nue.

« Une femme a droit à une période de formation sur Terre quand elle s'accouple ? »

Elle se tourne et je regarde ses gros seins bien hauts. Ses mamelons rose pâle attirent mon attention, ma bouche a envie de les goûter. Plus bas, je vois l'anneau qui pend de son clitoris proéminent.

« Une période de formation ? » Voilà qu'elle halète, ses seins se lèvent et s'abaissent.

Nous nous approchons.

« Sur Viken, un homme peut emmener sa partenaire dans un centre de formation si elle a besoin d'un temps d'adaptation supplémentaire pour lui obéir correctement, dit-il. C'est bien entendu différent pour chaque couple, mais le résultat est le même. »

Nous posons nos mains sur elle, l'entourons tous les trois, nous ne lui laissons aucune issue. On ne peut pas s'échapper du centre de formation, non pas qu'on ait l'intention de la quitter des yeux—elle a la chance d'avoir trois hommes forts pour veiller sur elle au lieu d'un. Je doute qu'elle ait envie d'aller bien loin une fois qu'elle aura succombé au pouvoir du sperme. Le simple fait d'être séparée de Tor et moi l'a mis dans tous ses états.

« Le résultat ?

– Nous sommes liés à toi, nous sommes accouplés, » dit Tor, ses mains caressent la courbe de son sein droit. Lev prend son autre sein dans sa large main, son pouce titille son téton.

« Un lien ? » Elle fronce les sourcils, perplexe, mais

toute perplexité disparaît avec son excitation qui va en augmentant. Ses mamelons sont vraiment *très* sensibles. « Quelle est la différence entre un lien et une partenaire ?

– Tu as été accouplée avec nous via le test. Oui ? »

Elle ne peut qu'acquiescer, elle entrouvre les lèvres pour essayer de respirer.

« D'après l'accouplement, tu es notre partenaire. Normalement, l'accouplement se déroule avec un seul homme, le lien se crée lorsqu'il baise sa partenaire pour la première fois. Son sperme la pénètre et une réaction chimique se produit, la connexion devient définitive. »

Sa peau est si douce, si tendre, d'une couleur ivoire qui contraste de façon frappante avec sa crinière rousse.

Tandis que mes frères l'excitent au plus haut point, elle parvient tout de même à m'écouter. « Tu as trois partenaires, aussi, afin de créer un lien durable, appelé 'cérémonie d'accouplement', nous devons te sauter ensemble. En même temps. »

Elle relève le menton pour me regarder. Ses yeux verts se troublent de désir. « En même temps ? murmure-t-elle. Tu veux dire—

– Je vais te sodomiser. Ton anus est vierge hein Leah ? » demande Tor. Les hommes du Secteur Deux sont connus pour adorer la sodomie, on dirait que mon frère ne fait pas exception.

« Je vais te baiser la chatte, » ajoute Lev.

Je pose mon doigt sur sa lèvre inférieure charnue et appuie dessus, j'ouvre sa bouche et vois ses dents droites et blanches. J'enfonce deux doigts dans sa caverne sombre et humide. Sa langue les lèche, tourne autour et les suce. « Et je vais baiser ta bouche. »

J'enlève mes doigts, je les fais descendre le long de son corps et tripote son anneau de clitoris, elle halète.

« Tout de suite ? » demande-t-elle.

Lev secoue doucement la tête. « Je vais d'abord te punir pour m'avoir désobéi à bord du bateau. »

Tor et moi nous écartons de Leah, nous ne la touchons pas. Un petit bruit, sans doute dû au manque, s'échappe de ses lèvres entrouvertes.

Lev la prend par le coude et la conduit près du banc spécial. « On s'en sert pour l'accouplement. L'homme peut prendre sa partenaire, la baiser par derrière et éjaculer en elle. Elle peut se reposer confortablement pendant qu'elle attend le temps nécessaire, la partie inférieure de son corps surélevée, afin que le sperme se dépose dans son utérus. Elle peut être attachée si elle ... résiste. »

Leah contemple sa forme inhabituelle. « C'est comme ça que vous me voyez ? Une machine à enfanter ? »

Lev se penche et embrasse son sourcil. « Le régent voulait trouver une partenaire parmi le programme des épouses. C'est son plan pour unifier la planète avec un enfant qui appartienne à nous trois. Un enfant qu'on va faire avec toi.

– Son plan est d'une froideur.

– Nous te mettrons enceinte par devoir, mais nous te baiserons par plaisir, » lui dis-je.

Elle lève le menton et son regard vert se porte sur Lev. « Pourquoi ne pas me sauter dans un lit, comme les gens normaux ? A moins que ce soit votre façon de procéder ici ? »

Lev se baisse et l'embrasse. Tor et moi la regardons

ouvrir la bouche, leurs langues se mêlent. C'est sensuel et érotique, le baiser se poursuit jusqu'à ce qu'elle bascule sur Lev, elle s'agrippe à ses avant-bras pour rester en équilibre.

« On va te baiser dans le lit, Leah. Sur la table et aussi contre le mur.

– A la belle étoile, ajoutais-je.

– Dans l'eau, ajoute Tor.

– Partout. Mais ce banc, il tapote le coussin rembourré où reposer les genoux, est le banc idéal pour la fessée puisque tu t'es mal conduite. Accepte ta punition comme une gentille fille et on te donnera une récompense. »

Leah recule d'un pas. « J'ai pas besoin qu'on me frappe.

– Tu m'as désobéi à bord du bateau oui ou non ? »

Elle reste bouche bée. « Je croyais que tu plaisantais

– On ne plaisante pas lorsqu'il s'agit d'obéir, Leah, dis-je. Il peut y avoir du danger et, afin de te protéger, nous devons être sûrs que tu vas nous écouter, sans poser de question. Tu ne sais rien au sujet de Viken et nous devons te protéger —et te punir—plus sévèrement encore que si tu étais née ici et connaissais nos coutumes. Te laisser commettre des erreurs serait bien trop dangereux. »

Elle tend les mains pour nous repousser, elle a vraisemblablement oublié qu'elle est nue. Tout comme nous devons réprimer notre envie de la toucher. Comme si elle pouvait y résister. « D'accord. Je vois que ça revêt une grande importance, particulièrement parce que je *suis* totalement étrangère à cette planète. Je vous écoute. »

Lev me jette un coup d'œil et regarde Leah. « Heureux de l'entendre. »

Je soulève Leah—elle pousse un cri de surprise—et l'installe sur le banc en faisant attention. Sa poitrine repose sur la surface allongée, capitonnée de cuir doux et rembourrée au niveau des genoux, ses seins magnifiques pendent de part et d'autre. Elle a des poignées auxquelles s'accrocher mais comme je m'y attendais, elle se redresse. Je pose une main au milieu de son dos, fait en sorte qu'elle se baisse et ligote ses poignets aux liens en cuir.

« J'ai inséré mes doigts en moi comme tu me l'as ordonné ! »

Je marque une pause et regarde Lev. Il hausse les épaules. « Je ne l'ai pas touchée mais j'aime voir ses doigts enfoncés bien au fond de sa chatte glissante. Mais tu ne m'as pas obéi immédiatement. C'est crucial pour survivre.

– J'aime pas les fessées ! J'ai pas signé pour ça. » Leah me crache sa colère tandis que je l'attache. Elle essaie même de me frapper lorsque je m'installe derrière elle, j'admire ses fesses tandis que Lev commence à fesser son joli petit cul nu.

« Tu *aimes* ça, » dit Tor, qui regarde.

Leah tourne la tête, son regard lance des éclairs à mon frère. « Comment tu le sais ?

– Ta chatte est déjà toute mouillée. » Tor hausse nonchalamment les épaules et remet sa bite en place dans son pantalon. « Tu es accouplée avec nous. Tu *crois* ne pas aimer, tu te bases peut-être sur tes habitudes sur Terre, voire tes précédentes expériences, ton corps connaît la vérité—le test en est la preuve.

– On t'a déjà donné la fessée, Leah ? » demande Lev.

– Non ! » elle pousse un hurlement.

Lev lui donne une petite tape sur les fesses et j'attache ses chevilles. Elle est de mauvaise humeur, j'ai peur qu'elle donne un coup à Lev ou qu'elle se fasse mal.

« Lâchez-moi, espèces d'hommes de Neandertal dominateurs ! »

Je serre les lèvres pour ne pas sourire. Je ne connais pas vraiment Lev mais je sais qu'il ne va pas laisser passer ça—c'est quoi un homme de Neandertal ? —sans laisser une belle marque rose sur son joli cul.

7

ℒeah

Comment ses hommes osent-ils me faire ça ? Je suis attachée sur un banc spécial fessée—comme dans mon rêve au centre de recrutement ! Et ce n'est pas un rêve ? Ça dépasse l'entendement. Je suis dominée et sous le joug de triplés extraterrestres. L'un va me donner la fessée et une récompense. Quel genre de récompense ? Je vais à nouveau prendre sa grosse bite dans ma chatte ? Ils vont me bander les yeux et me sauter à tour de rôle ? Lev a dit—

Lev m'assène des coups sur les fesses et une douleur cuisante parcourt tout mon corps. Je hurle et baisse la tête tandis que la chaleur se propage, une fois la sensation passée. Chaleur. Débauche. Désir. Mon Dieu, je ne sais plus où j'en suis. J'ai envie qu'il continue.

Je sais que je mouille. Je mouille *en permanence* depuis que j'ai rencontré mes partenaires. La fessée donnée par Lev fait contracter ma chatte, ça dégouline le long de mes cuisses. Comment peut-il en être sûr ? Une de ces brutes enfonce à présent ses doigts dans mon intimité humide.

« Ton corps ne ment pas, » dit Lev. Je l'entends se lécher les doigts, mais je n'arrive pas à tourner suffisamment la tête pour le voir. En fait, je ne vois que le mur blanc devant moi. Avant que Tor se mette devant moi, ouvre son pantalon et libère son sexe.

Pan !

Aïe ! Je me raidis et essaie de bouger pour me soustraire aux coups cuisants que Lev assène sur mes fesses, mais je ne peux absolument pas bouger. La chaleur générée par son dernier coup irradie jusqu'à ma chatte et mon corps se met à trembler.

« Ça, c'est pour ne pas m'avoir obéi immédiatement. On a presque fini, mais tu vas encore recevoir quelques raclées. »

Pan !

« Ça, c'est pour ton culot. »

Pan !

« Ça, c'est pour avoir menti. Tu aimes la fessée.

– J'aime voir les marques roses de tes mains sur sa peau douce, dit Drogan. Quel bâtard prétentieux. Je peux t'interrompre Lev ? Juste un moment ? »

Lev acquiesce et je me raidis d'avance tandis que Drogan s'agenouille entre mes jambes.

Tor, carrément devant moi, saisit la base de son membre et commence à se masturber. Je ne peux que regarder le liquide séminal s'écouler de son gland et former une goutte sur l'anneau en métal. Je me lèche les lèvres, j'ai hâte de le goûter. J'ai tellement envie de sa bite que c'en est ridicule, même si tout au fond de moi, je devrais les détester, me détester, de les désirer autant.

La bouche de Drogan se referme sur ma chatte et je pousse un hurlement. Il me lèche et me suce, il enfonce profondément sa langue jusqu'à ce que je m'agite et me débatte sur la table. J'ouvre la bouche pour hurler mais Tor en profite pour enfiler sa bite de quelques centimètres dans ma bouche, juste assez pour m'exciter avec son liquide séminal. Les produits chimiques contenus dans son sperme se répandent dans mon sang tels de la lave en fusion. Drogan suce vigoureusement mon clitoris, je vois les étoiles. Je vais jouir. J'ai besoin de jouir.

D'un accord tacite et silencieux, les deux hommes s'écartent de moi et me laissent haletante. Suppliante. Mon Dieu, je suis pitoyable. Je me sens comme un animal sauvage, totalement débridée. J'ai besoin d'eux. J'ai envie d'eux. Dans ma bouche. Dans ma chatte. Dans mon cul. Partout. N'importe où. J'ai besoin—

Lev caresse mon cul de sa large main comme s'il caressait son animal domestique, je recule contre lui, je me languis de lui. « Ta précédente punition ne compte pas, Leah. On va commencer par vingt. Peut-être plus, si tu es une gentille fille. »

Lev commence à me frapper, la chaleur me coupe à chaque fois le souffle, la douleur cuisante me brûle. « Un. Deux, » je compte tout en ayant les yeux vissés sur la bite de Tor. Chaque coup rudement asséné me fait bondir sur le banc, l'anneau de mon clitoris entre en contact avec la surface dure sur laquelle je repose. Chaque coup me tire un gémissement, la chaleur torride se propage en moi.

Arrivé à dix-sept, quelque chose se rompt en moi, un torrent d'émotions déferle, impossible de l'arrêter, les larmes coulent sur mes joues. Des semaines de peur et d'inquiétude, de nervosité et d'anxiété que mon fiancé me retrouve, tout s'envole à chaque coup que Lev m'assène vigoureusement sur les fesses. Il ne s'arrête pas à vingt et je n'en ai pas envie.

Entourée par ces hommes, mon esprit rationnel se bloque et l'animal primitif se réveille. Je me sais en sécurité. Totalement, complètement en sécurité, et mes barrières cèdent. Je ne maîtrise plus rien. Je sanglote. Je compte. Je le supplie de me taper plus fort, de m'écarteler et de faire disparaître ma peur et ma douleur. Je suis à des années-lumière de la Terre mais j'ai emporté mes émotions ici avec moi, telles des bagages indésirables. Je me contorsionne et implore mes partenaires de me posséder, de me baiser, de me garder pour toujours.

Lorsque j'arrive à trente, je suis en sueur et mon cul est brûlant. Mes mamelons sont durcis à un tel point que j'en ai mal, je désespère d'être baisée. Remplie.

J'ai besoin de jouir. J'ai besoin qu'ils me prennent.

Tor s'avance vers moi, les coups violents de Lev se muent en caresses. « Ouvre la bouche, Leah. »

Sa queue est à quelques centimètres de ma bouche et je ne peux rien faire qu'obtempérer. J'en ai envie de toute façon.

« Gentille fille. Maintenant, sors ta langue. Je vais éjaculer dessus. »

Je le regarde continuer à se branler avant de coller son

gland sur ma langue, l'anneau appuie dessus. Il rugit tandis que le sperme chaud jaillit dans ma bouche. Je peux le goûter, il est chaud et salé. Le souffle court, il recule et d'agenouille devant moi.

« Avale. »

J'obéis et me lèche les lèvres. En l'espace de quelques secondes, l'excitation me gagne avec une telle intensité que je manque jouir. Je ferme les yeux et rugis, je succombe à cette sensation. Un shoot d'héroïne ça ressemble à ça ? Du bonheur à l'état pur ?

« Oh, Lev, je t'en prie.

– Je t'en prie quoi ? demande-t-il par derrière, d'une voix grave et rauque.

– J'ai besoin que tu me baises. »

Je me débats pour défaire mes liens, j'ai trop hâte de prendre sa queue dans mes mains. « Je t'en prie. J'en ai besoin. » J'ouvre les yeux et je commence à paniquer. « C'est trop. J'en ai besoin. Pénètre-moi ! » hurlais-je

Que m'arrive-t-il ? Je suis ... désespérée. Ça s'est produit après avoir avalé le sperme de Tor. Mon dieu, cette fièvre est provoquée par le pouvoir du sperme dont ils parlaient. L'idée me terrifie un moment, puis je me remémore les explications de Lev. Ce lien produit le même effet sur les hommes. Ils ont besoin de moi autant que j'ai envie d'eux.

Je sens qu'une main écarte mes fesses brûlantes, ouvre grand ma chatte tandis qu'un membre se positionne à l'entrée et s'enfonce profondément.

Je hurle. C'est ce qu'il me fallait. Une grosse bite bien chaude. Même son odeur, musquée et prononcée m'excite.

Enfoncé profondément, Lev se penche sur moi, plante ses dents entre mon cou et mon épaule et se retire, pour mieux me pilonner. La position dans laquelle je suis fait que mon cul est en l'air et son sexe glisse parfaitement à l'intérieur, comme une épée dans son fourreau. Je ne peux rien faire, hormis accueillir ses violents coups de boutoir. Maintenant qu'il est en moi, je me calme et me donne à fond.

« J'arrête pas de bander depuis ton arrivée. Je pense pas débander un jour. Putain, on dirait un p'tit jeunot tout excité. Je vais jouir. »

Le bruit humide de la baise emplit l'air. Tor repousse mes cheveux mouillés de mon visage et je vois le désir dans ses yeux.

« T'as besoin d'une bite, Leah ? T'as besoin qu'on te prenne, qu'on éjacule en toi ? Ne t'inquiète pas, on va s'occuper de toi. » Je lève les yeux et Drogan enlève ses vêtements, sa queue enfin libérée, il attend son tour.

« Jouis pour nous, Leah. Jouis maintenant. » Lev me pousse à jouir, c'est un pur bonheur, sa bite me pénètre profondément, aucune zone n'est oubliée, ce faisant, sa main atterrit durement sur mon cul, une fesse après l'autre.

Il jouit très profondément en moi, son sperme tapisse les parois de mon sexe, je jouis à nouveau. Je gémis lorsqu'il se retire mais ils ne me laissent pas en plan. C'est au tour de Drogan, Tor joue avec mes seins, il tire sur mes tétons, ses pincements vigoureux se calquent sur le pilonnage brutal de la grosse bite de Drogan, il touche mon clitoris et me branle, je succombe à un autre orgasme tandis qu'il décharge à toute allure et se vide en moi.

Je suis brisée, rincée et incapable de me calmer. J'ai tellement envie de ces hommes que mon corps me fait mal, un feu brûle en moi, il me consume tel du petit bois. Tor me laisse et se place derrière moi, pour me baiser, j'en peux plus d'attendre, sentir ma chatte vide est une torture sensuelle que je n'aurais jamais imaginé ressentir quelques jours auparavant.

Au lieu de me pénétrer d'un coup d'un seul avec sa bite, Tor prend son temps et joue avec mon anus, il se sert de ses doigts pour me dilater, pour m'écarter afin que j'accueille le plug qu'il enfonce et installe profondément en moi. Je devrais être horrifiée puisque je n'en ai jamais eu auparavant et je tressaille légèrement lors de son insertion. Ça devrait me faire mal ou du moins, me procurer une certaine gêne. Mais il glisse grâce à une huile chaude et parfumée, je ne ressens que du plaisir, une débauche charnelle qui croît au fur et à mesure que ce plug s'enfonce et se met en place dans son nouvel endroit. Ce n'est que lorsque je sens que la base du plug maintient mes fesses écartées que Tor me baise.

Son énorme bite me pénètre et la sensation d'être trop remplie me tire un gémissement. Au lieu de se retirer, Tor saisit mes fesses, la violente fessée administrée par Lev me fait encore mal, il les presse assez fort pour que ma chatte mouille à nouveau. La douleur déclenche une avalanche de désir, de luxure, je me souviens que je leur appartiens. Pour toujours.

Tor écarte mes fesses et la sensation d'être écartelée me laisse comateuse. Mon corps tremble, je perds totalement le contrôle et je m'en fous. J'ai simplement besoin de sentir sa queue me pilonner, sentir la main de Drogan caresser mon dos et tirer mes cheveux. J'ai besoin que Lev branle mon téton avec sa bouche tout en enfonçant deux doigts dans ma bouche, afin que je puisse savourer le goût de ma propre chatte sur sa peau.

Ils ne me laissent aucun répit, me baisent non-stop pendant Dieu sait combien de temps. Je perds la notion du temps. Je perds la notion de ce qui m'entoure. Tout ce que je sais c'est que ces hommes sont aussi insatiables que moi, leurs bites ne débandent jamais. Mes hanches sont surélevées mais leur sperme s'écoule en longs ruisselets le long de mon clitoris et sur mon ventre. La seule chose dont je me souviens c'est qu'on me porte et qu'on me dépose sur un lit moelleux.

Je me réveille en pleine nuit, je scrute la pièce obscure, désorientée. La fenêtre de ma chambre, normalement sur ma gauche, se trouve désormais sur ma droite. Aucun bruit dans la rue, je n'entends pas le ronronnement de ma climatisation. Je m'assoie, cligne des yeux, mon sommeil se dissipe assez pour que les souvenirs affluent. La main qui bouge sur ma cuisse a sans doute ramené mon esprit à ma nouvelle réalité.

Je me trouve sur Viken. Dans un lit avec trois hommes. J'aurais dû m'en apercevoir en sentant leur odeur. Elle est quasiment semblable entre eux trois mais diffère légèrement pour chacun d'eux. Lev, ténébreux et puissant ; Tor, ouvert et confiant ; Drogan, rebelle et concentré. J'apprends vite à reconnaître les différences subtiles inhérentes à leur personnalité—même dans leur façon de baiser. Je pensais n'en aimer qu'un mais lorsqu'ils m'ont sautée à tour de rôle, j'ai joui avec chacun d'eux. Mon Dieu ça ne m'était jamais arrivé.

J'aime ressentir l'orgasme rien qu'avec le visage de Drogan entre mes cuisses. J'aime être frappée et tringlée en même temps. J'aime être attachée. J'aime avoir un plug enfoncé dans le cul. Mon Dieu, ces hommes doivent me prendre pour une vraie salope !

Les choses qu'ils m'ont faites avant que je m'endorme doivent probablement être illégales dans plusieurs pays sur Terre. Ici toutefois, ça semble tout à fait normal. Les Vikens ont créé des centres spéciaux pour former leurs partenaires. La gêne me gagne, c'est normal d'être entravée sur un banc pour y recevoir la fessée et être punie ? C'est normal d'aimer cette sensation de brûlure cuisante engendrée par la violente fessée administrée par Lev ? C'est normal de quasiment mourir de désir pour trois hommes ? C'est normal que j'aime qu'on m'enfonce des trucs dans le cul ?

Avant, j'ai toujours joui en masturbant mon clitoris et là, je jouis inlassablement, sans aucune stimulation. Et mon corps en redemande.

Non, il est juste douloureux. Mes seins picotent et mes mamelons sont tout durs. Je n'ai pas besoin de les voir dans le noir pour savoir qu'ils sont réduits à de petites pointes toutes dures. Je touche mes seins, les prends en coupe et laisse échapper un petit gémissement. En bougeant, ma chatte frotte contre les draps, l'anneau de clitoris est stimulé. Je suis excitée, si excitée que la chaleur irradie dans mes veines et envahit mon corps.

J'entends le bruissement des draps juste avant qu'une lumière ne s'allume. Juste un halo, assez pour voir mais pas suffisamment pour m'éblouir. Trois hommes nus m'entourent. Le drap qui me recouvre a glissé. Je suis nue moi aussi mais je n'ai d'yeux que pour les corps musclés de mes partenaires.

« Leah ? » La voix est rocailleuse et ensommeillée. Je ne regarde pas qui c'est, j'ai trop envie.

« J'ai ... j'ai un problème, » murmurais-je.

Les autres hommes s'étirent et Drogan s'assoit derrière moi, la main sur mon épaule. Je gémis à son contact. « Elle est chaude. »

Son contact me fait rugir. Sans réfléchir, je m'allonge sur le lit et écarte les jambes. Je devrais avoir honte de mon comportement digne d'une traînée mais je suis allée trop loin pour m'en soucier. Les hommes se lèvent et me regardent, j'attrape l'arrière de mes genoux et écarte les jambes. « Je vous en supplie, » implorais-je. Mon Dieu, je suis en train de supplier ces hommes de me sauter.

Je regarde mon corps, mon clitoris est tellement gonflé que son petit bouton est tout retroussé, le petit anneau pend de la zone érogène.

Lev et Tor se regardent. « Le pouvoir du sperme, » disent-ils en même temps.

« Je vais te bouffer la chatte jusqu'à ce que tu jouisses, murmure Drogan dans mon cou. Ta chatte doit être trop irritée par la baise précédente pour en supporter une autre. »

Je *devrais* être irritée, très irritée même, d'avoir baisé

avec ces trois hommes—encore et encore—mais ce n'est pas le cas. Et quand bien même, je m'en contrefiche. Mon corps a besoin d'une bite, maintenant.

« Non, » répondis-je. Je tourne la tête et regarde Drogan droit dans les yeux.

« Non ? répète-t-il. Tu te rebelles ? La fessée et le plug ne t'ont pas suffi ? »

Je secoue la tête et lèche mes lèvres. « J'ai encore envie. J'ai envie de vos bites. J'ai *besoin* que vous me baisiez. Sentir ta bouche sur ma chatte n'est pas suffisant. »

Je regarde mes trois hommes, ils me scrutent d'un air préoccupé—et empli de désir.

« Tu as succombé au pouvoir du sperme, Leah, dit Tor. J'ignorais qu'il était aussi puissant.

– Nos trois spermes, pas seulement un, ajoute Lev. Ce doit être très intense.

– Je vous en prie, » les suppliais-je, ma chatte dégouline de leur sperme et de mes propres fluides. Je me penche, glisse mes doigts entre mes lèvres et les introduis bien au fond. S'ils ne veulent pas se servir de leurs bites, je vais me servir de mes doigts. Drogan et Lev me prennent chacun un genou et les écartent comme je l'ai fait auparavant, Tor avance et s'agenouille entre mes cuisses. Son membre dressé s'agite et pointe vers son nombril.

Il retire mes doigts de ma chatte et place ma main sur celle de Lev, qui s'en empare. Il ne relâche pas sa prise.

Tor commence à s'amuser avec le plug dans mon cul, lui faisant exécuter des mouvements de profonds va-etvient. Encore et encore. J'essaie d'onduler des hanches mais Lev et Drogan m'en empêchent.

Tor bouge ses hanches, place sa bite devant mon vagin et me pénètre. Elle entre en douceur et facilement, je rugis, je ferme les yeux.

« Oui, » je gémis, j'aime la sensation d'être dilatée, je me sens pleine. Ça devient très étroit avec le plug dans mon cul. « Baise-moi. Je t'en prie ! J'en ai besoin. »

Je ne suis qu'une garce dévergondée mais je m'en fiche. J'ai besoin d'une bite et j'en ai besoin maintenant.

« Avec plaisir, partenaire. » Tor commence à onduler, il me baise avec application tandis que ses frères tiennent mes jambes ouvertes. « Avec plaisir. »

Tor

Nous nous trouvons au centre de formation pour les épouses difficiles, mais Leah est la moins récalcitrante de nos partenaires. Je la qualifierais de goulue, de vorace ou d'avide. Le pouvoir du sperme de trois hommes la rend insatiable. On l'a possédée et fessée sur un simple banc mais le pouvoir du sperme l'a réveillée et on a dû s'occuper d'elle en pleine nuit. Le terme *s'occuper* implique une bonne baise de la part de nous trois. Leah a insisté pour essuyer nos bites avec sa bouche, Drogan a ensuite inséré un plug de formation encore plus large dans son cul. Elle s'est rendormie une fois pleinement rassasiée. L'aube se lève, elle dort encore, pour combien de temps, nul ne le sait. Nous n'avons pas l'habitude d'avoir une partenaire, ni de rester ensemble.

Drogan prépare un petit déjeuner tout simple dans la cuisine, tandis que Lev et moi sommes assis à la petite table près de la fenêtre. Quelques couples sont présents, le temps est agréable. Les hommes et leurs partenaires vaquent à leurs occupations, peut-être dans une cabane d'entraînement spécifique. Tout est disponible ici, tous les désirs peuvent être satisfaits. Apprendre à manier correctement la cravache ou attacher une épouse avec des cordes sans lui faire mal. Il existe des cours qui enseignent comment plaire à une épouse avec une langue bien exercée, ou apprendre à déchiffrer les réactions de son corps lors d'un jeu sexuel. Concernant les épouses, elles peuvent apprendre comment faire une bonne fellation ou contracter leur périnée pour une baise de qualité. Lev a l'air d'être passé maître dans l'art de comprendre Leah, il connaît ses besoins, même si elle dit le contraire. J'apprends également à la connaître. Je ne sais pas comment il s'y prend pour savoir qu'elle a besoin d'une fessée ou de jouir mais elle a eu son compte. Elle s'est offerte et a hurlé, entre ses pleurs et les fessées, elle en redemandait encore.

J'ai hâte d'apprendre comment dilater le cul Leah. On lui a mis un plug plus large en pleine nuit mais sera-t-elle assez détendue pour accueillir mon énorme sexe ? Lev voudra peut-être apprendre comment mieux attacher Leah avec des cordes ou l'amener à un niveau de soumission plus élevé. Drogan ? Putain, il est obsédé par le sexe oral, mais il s'y prend bien, les orgasmes de Leah en sont la preuve. Tout ce dont nous avons besoin pour plaire à notre nouvelle épouse est rassemblé ici. Tant qu'on est avec elle chacun son tour, personne ne s'apercevra de la supercherie. La seule chose qui nous différencie est la cicatrice barrant le sourcil de Lev, mais tant que Leah est avec nous, personne n'accordera la moindre attention au visage de Lev.

Je ne peux pas me concentrer lorsque je vois ses mamelons durcis, en plein devant mes yeux.

« Le régent Bard a été tué dans l'attaque d'hier, » dit Drogan, tout en finissant de préparer le repas.

Lev marque une pause, sa tasse de café du matin devant ses lèvres. « A Viken United ? »

Je hoche la tête. « J'ai entendu les nouvelles de l'est. Tu as vu comment ça s'est passé, Drogan ?

– Oui. Après qu'on se soit séparés, je suis parti en direction de l'ouest. Le régent Bard sortait du centre de transport. Il était en compagnie de Gyndar lorsqu'ils sont tombés dans une embuscade. » Drogan verse les aliments dans des bols. « J'étais à une certaine distance mais le régent gisait au sol, une flèche noire plantée dans son œil droit. Gyndar s'est agenouillé pour lui venir en aide mais c'était trop tard.

– Une flèche dans l'œil ? Pas de chance, » présumais-je. Nous sommes des guerriers. Nous savons à quoi ressemble une mort intentionnelle.

« Je l'ai vu, » dit Drogan, il dépose les bols devant chacun de nous et récupère le sien. « L'assassin a tiré depuis un balcon proche. Il attendait, il savait précisément où serait le régent. L'attaque était précise et bien exécutée. »

Je prends ma cuillère et remue le porridge matinal

protéiné. « On a voulu le tuer. L'attaque sur Viken United était censée tuer le régent ou nous capturer ?

– Ou Leah, » ajoute Lev.

Personne n'a la réponse.

« On devrait rester ici, cachés, jusqu'à ce que Leah tombe enceinte. On en saura peut-être plus.

– Je suis d'accord avec le plan du régent, ajoute Lev. Il voulait une planète unie. Séparés, on passe notre temps à se chamailler comme des bonnes femmes pour les trois secteurs. Ensemble, nous pouvons régner sur Viken. Apprendre à notre fils à un être un homme meilleur, un meilleur chef pour nous tous. »

Drogan regarde notre épouse, paisiblement endormie dans le lit. « Elle ne sera pas en sécurité tant qu'elle ne sera pas officiellement accouplée. »

Lev repose son bol d'un air renfrogné. « On ne peut pas être unis à elle tant qu'elle ne sera pas enceinte. »

J'avale une grosse cuillerée de porridge chaud. « D'accord. Mais il faudra qu'on s'unisse immédiatement à elle dès qu'elle portera notre enfant. Ce qui veut dire qu'on doit se concentrer plus attentivement sur son cul. Elle a accepté le plug dont on s'est servis la nuit dernière, même le plus gros, mais lors de la cérémonie officielle d'accouplement, on doit la pénétrer en même temps. Son petit cul vierge et étroit nous en empêche. »

Drogan acquiesce. « Oui, cet accouplement est la façon politiquement correcte de garder nos secteurs unis. Elle sera en sécurité, même si nous sommes séparés. Sur un plan plus personnel, Leah sera elle aussi plus heureuse si elle est officiellement liée aux hommes qui la baisent. Peut-être que le pouvoir du sperme se calmera un peu. Elle est insatiable, le désir la fait presque délirer.

– T'es du Secteur Deux, Tor, t'aime bien ça une bonne sodomie, » dit Lev en souriant.

Je ne peux m'empêcher de rire. « Pourquoi, pas toi ? »

Leah

« Je n'en éprouve pas le besoin, » murmurais-je à Tor.

Il me prend par le coude et me conduit dans le champ luxuriant entre les différents bâtiments. Les hommes les appellent des cabanes, ce n'est pas l'idée que je m'en faisais, celles des Viken sont totalement différentes des cabanes sur Terre. Elles ressemblent plus à des chalets dans les bois. Rustiques et simples de l'extérieur, mais bien conçues avec tout l'équipement moderne comme des cuisines et des salles de bain à l'intérieur. Tout est si différent ici. C'est une course entre voyageurs interstellaires, avec des vaisseaux spatiaux et des technologies avancées dont je n'aurais jamais rêvé ... mais ils ont choisi de vivre ainsi. Ils préparent leurs repas sur des cuisinières et se lavent avec de la vraie eau, à une époque où de nombreuses espèces sont équipées d'installations leur permettant de se laver sans toucher le moindre centimètre carré de leur corps.

Nous avons pris un simple bateau pour voyager depuis mon point d'arrivée en provenance de Terre jusqu'*ici*. Un centre de formation des épouses ! Un centre de formation *pour baiser*. Les hommes disent que ça concerne les partenaires récalcitrantes. Je *ne suis pas* récalcitrante. Hésitante, parfaitement. Butée, absolument. J'étais stupéfaite que Lev m'ait fessée hier parce que je ne lui ai pas obéi à bord du bateau. Choquée qu'il ait appliqué sa propre *discipline*. Ça m'a fait mal !

Mais ça m'a aussi donné la permission de faire mal, d'arrêter de museler ma peur et ma douleur. J'étais choquée qu'il me donne la fessée mais j'ai été encore plus surprise par ma réaction. J'ai aimé cette douleur. J'aime y avoir été contrainte. J'ai réfléchi ces dernières heures à comment faire pour être *punie* par Lev à l'avenir. J'ai crié, tapé et hurlé, j'ai tout sorti, tout le poison qui était en moi. Je me sens libérée et vidée maintenant, je n'ai plus peur, je suis détendue. Cette expérience m'a vidée et épuisée mais j'ai encore envie de ressentir cette douleur. Je compte sur elle pour garder mon sang-froid. Je compte sur eux, mes partenaires, pour qu'ils me gardent avec eux, me rendent plus forte et me gardent en sécurité. Je suis amoureuse d'eux, je dépends d'eux, je leur fais confiance ... et je ne peux strictement rien faire pour que ça s'arrête.

J'ai l'impression que Lev n'a eu aucun mal à me pénétrer, il aurait pu y aller encore plus franco si je le voulais. Que ça me fasse encore plus mal. Faire sortir le côté obscur qui m'habite. Je ne suis pas encore prête à l'affronter, mais quelque chose en ces hommes me fait songer à des trucs qui ne me seraient jamais venus à l'idée avant. Ils m'ont donné envie de baiser et de reconnaître mes propres besoins sexuels, je n'en avais pas la moindre idée avant d'arriver ici, avant d'être accouplée à trois hommes puissants et dominateurs. Ils me rendent accro, telle une drogue dont je n'ai pas envie de me passer.

Ils appellent ça le pouvoir du sperme, les produits chimiques contenus dans leur sperme exacerbe mon désir pour eux. Ça parait tout à fait absurde mais vue ma réaction, il serait difficile de dire le contraire. A l'heure actuelle je mouille, ma chatte est toute gonflée, les bites de ces hommes me manquent. Je me suis réveillée en pleine nuit et je les ai suppliés de me sauter. Mon Dieu, je rougis en me souvenant de mon attitude obscène. J'aurais bien aimé qu'ils m'insèrent le plus gros plug.

Oui, je ne suis pas la même femme que lorsque j'ai quitté la Terre. Je ne suis plus la fille du conseiller municipal conservateur. Je suis déchaînée et obscène et je m'en fiche. À l'instant T, je m'en fiche.

Tor me conduit parmi les cabanes, sa main enserre complètement la mienne dans une douce étreinte. Je porte une nouvelle tunique, semblable à la première que mes partenaires ont déchiré dans leur précipitation à me posséder, mais d'une autre couleur. La précédente était d'un vert vif et chatoyant. Celle-ci est marron foncé, on dirait la fourrure d'un ours. Tor m'a habillée pour que je sois assortie à lui. Et tandis que nous marchons parmi les jardins bien entretenus qui jouxtent les cabanes, il me raconte le prix à payer, dans le Secteur Un, quand on grandit sans famille. Il m'embrasse avec l'énergie du désespoir, il fait le vœu de ne jamais me quitter, ni l'enfant qu'ils essaient à tout prix de faire croître en mon sein. L'intensité de son regard en dit long sur sa sincérité.

Nous marchons un moment en silence mais j'ai l'impression que mes partenaires sont inquiets. Lev ne me dira jamais ce qui cloche. Je le sais. Il attendra simplement que je lui fasse confiance pour m'en parler. Drogan ? Il me le dirait si je le lui demandais, mais je sais qu'il choisirait ses mots avec attention. C'est lui le diplomate, celui qui fait régner la paix entre eux, il ne parle jamais sans avoir pesé ses mots. Mais Tor ? Tor me dira la vérité.

« Que se passe-t-il ? Pourquoi restons-nous cachés ici au lieu de retourner à la capitale ? »

Tor me serre la main et m'attire dans l'ombre d'un énorme tronc d'arbre afin que personne ne puisse nous voir depuis le chemin. Il se penche et murmure à mon oreille. « Tu te souviens du régent Bard, le vieil homme que tu as rencontré hier ? »

Je hoche la tête. Le vieil homme paraissait sincère, heureux de m'accueillir sur Viken et me présenter à mes partenaires.

« C'était le régent de Viken. Il était extrêmement puissant. Le chef actuel du gouvernement de notre planète.

– Je croyais que c'était vous trois les chefs ? »

Tor secoue la tête, ses mains parcourent doucement mon dos, j'aimerais me fondre en lui. « Oui. Nous sommes de naissance royale, mais nous avons été séparés quand nous étions bébés. Avant ton arrivée, aucun de nous n'aurait été d'accord pour se rendre à Viken United et gouverner. Il avait un immense pouvoir et œuvrait pour que Viken s'implique dans la Coalition Interstellaire. Mais ce n'était pas le vrai chef.

– Tu as dit *c'était*.

– Il a été tué dans l'embuscade hier. Assassiné. »

Je mets ma main devant ma bouche, je repense à ce vieil homme bon et honnête. « Oh, mon Dieu.

– Les plans du régent ne devaient pas plaire à tout le monde.

– Mais son plan c'est nous, Tor. Il voulait que vous montiez tous les trois sur le trône. » Je prends son visage dans mes mains, une colère protectrice fait trembler ma voix. « Toi et tes frères êtes les vrais chefs de Viken. »

Il fait oui de la tête. « Nos parents ont été tués alors que nous n'étions que des nouveau-nés. Lev, Drogan et moi avons survécu, nous avons été envoyés dans les trois secteurs pour maintenir la paix. Nous avons grandi séparément. Le Régent Bard a fait comme il a pu. La paix ne tient qu'à un fil, ça fait trente ans que ça menace de voler en éclats."

Je fais courir mon doigt sur sa mâchoire et le regarde dans les yeux, je ressens une profonde connexion. Il m'a parlé du meurtre de ses parents avant-hier mais ...

« Je ne comprends pas. Tu veux dire que vous vous connaissez à peine ? » Il hoche à nouveau la tête, je suis triste pour eux. « Je suis fille unique, mais je détesterais apprendre que j'ai été arrachée à ma seule famille pour des raisons politiques. »

Il se penche et dépose un chaste baiser sur mes lèvres, même si sa large main posée sur mes fesses n'a rien d'innocent. « C'est ce qui te rend inestimable. Une femme accouplée à nous trois. Engrossée par nous trois. Qui accouche d'un enfant fait par nous trois. Le nouveau-né sera le prochain dirigeant d'une planète unie.

– S'ils ont tué le régent, ils pourraient vouloir vous tuer aussi non ? » demandais-je les yeux écarquillés. Qui que soit celui qui veut prendre le contrôle de cette planète, je sais que trois hommes très sexy entravent ses plans.

Il hausse légèrement les épaules. « Peut-être, mais nous croyons que c'est toi qui es réellement en danger. C'est toi qui va donner naissance à notre héritier. Nous devons te baiser et te remplir de notre sperme. Tu seras la régente. Ton enfant sera l'héritier du trône Viken. »

Je regarde tout autour de moi, je m'attends à voir des hommes surgir avec des arcs et des flèches pour nous attaquer. « On est en sécurité ici ? »

Il pose ses larges mains sur mes épaules, se penche pour me forcer à le regarder dans les yeux. « Il ne t'arrivera rien. Tu dois faire confiance à tes partenaires. L'un de nous restera caché ici avec toi, les deux autres resteront cachés , comme si nous étions un nouveau couple Viken.

– On ne risque pas de nous reconnaître ? »

Tor ricane. « Non. Notre planète ne médiatise pas nos images à l'extrême comme certaines. Ici, tout est régi par une hiérarchie stricte. Les lois et les ordres s'appliquent à tous, des hauts dignitaires jusqu'aux fermiers et aux soldats. Je doute qu'on nous ait vus, hormis peut-être le chef local. »

Je regarde l'herbe verte et grasse. « Ok. Je vous ai entendu parler ce matin. Qu'est-ce que ça a à voir avec le fait que mon cul doive suivre une formation ? »

Il sourit. Je le regarde du coin de l'œil. « Avec cette cérémonie, notre lien sera permanent et nous serons officiellement mariés. Tu ressentiras toujours l'appel du pouvoir du sperme et nous aussi, mais après notre réunion, nous ne le ressentirons plus avec la même intensité.

– Tu veux dire que vous serez capables de penser à autre chose qu'à baiser ?

– J'espère bien que non. » Son sourire bien trop sexy prouve le contraire. « Mais sans la cérémonie d'accouplement, tu ressentirais le manque durant toute ta vie. Le manque peut s'avérer très pénible, certaines femmes non accouplées deviennent folles.

– Tu veux dire que je serai toujours être aussi … en manque ? » Cette idée me déplaît. J'aime être excitée, mais là … c'est trop.

« Pas si tu t'unis à nous. À nous trois. Une fois qu'on t'aura possédée, tu ressentiras toujours le pouvoir du sperme, mais de façon beaucoup plus douce. »

Inutile de m'en dire plus. Le pouvoir du sperme me fait perdre mon sang-froid. Mon corps se languit d'être touché, d'être rempli. Je meurs d'envie que ces hommes me touchent. J'en ai besoin. Le fait de marcher avec le frottement de mes vêtements sur ma peau est irrésistible. « D'accord. Je veux bien m'unir à vous. » J'ai chaud, je sens que je deviens toute rouge.

« Avec vous trois.

– Pour t'unir à nous, tu devras baiser avec nous trois en même temps. Je te sodomiserai, Lev s'occupera de ta chatte et Drogan éjaculera dans ta bouche. C'est la condition sine qua non pour que notre union soit reconnue par notre peuple. »

L'idée d'être besognée par ces trois hommes en même temps, plaqués contre moi, sentir et goûter leurs bites en même temps m'arrache un gémissement. Tor rit et nous revenons sur le chemin. « Voilà pourquoi on doit encore te former. Je ne veux pas te faire mal. J'ai une grosse queue et ton cul est très étroit. » Nous nous arrêtons devant une cabane.

« J'ai passé la nuit avec un plug dans le cul, » lui indiquais-je.

Tor m'ouvre la porte et poursuit. « Oui mais les plugs que tu as bien voulu accepter dans ton joli petit cul étaient tous deux plus petits que ma bite. On va passer la prochaine heure à dilater et décontracter ce joli orifice vierge, afin qu'il soit prêt à m'accueillir. Ça c'est un vrai challenge, Leah. »

Je penche la tête. Un challenge ? J'ai l'impression que c'est un challenge permanent depuis que je suis arrivée sur Viken.

« C'est un centre pour partenaires récalcitrantes. On s'attend à ce que les personnes qui viennent se former ici bénéficient d'une discipline et d'un niveau de soumission supérieurs.

– Tu veux que je te résiste ? » je passe ma langue sur mes lèvres. « Ça risque d'être difficile vu ... mon état. »

Il rit et son regard s'assombrit. « J'adore ton côté vorace. Pourquoi pas ? Essaye de résister. Comme si tu étais une vilaine fille. » Il caresse ma joue et coince une mèche de cheveux derrière mon oreille. « Tu veux bien faire la vilaine pour moi ?

– Tu vas encore me donner la fessée ?

– Les méchantes filles n'aiment pas qu'on les fessent en général. Tu auras droit à une fessée et quelque chose de plus gros encore à fourrer dans ton cul vierge. » Il se penche vers moi et murmure, « Essaye de résister. »

Je sais ce que ça implique, tout comme ma chatte ; Tor ouvre la porte, j'ai tellement hâte que mes fluides coulent le long de mes jambes. Il me pousse à l'intérieur. Une fois entrée, je marque une pause et laisse échapper une exclamation. Au final, résister ne sera peut-être pas aussi difficile que je l'imaginais. Accepter le désir que j'éprouve envers mes partenaires n'a rien à voir avec accepter ce que je vois devant moi.

Cette cabane ne comporte qu'une seule pièce, entièrement consacrée à la sodomie.

Je suis parcourue d'un rire bête devant ce truc de fou—je ne peux pas imaginer un truc pareil sur Terre—mais je l'étouffe en mettant ma main devant ma bouche. Une femme est allongée sur le dos sur un tapis de sol. Ses genoux sont attachés par des liens retenus à des crochets plantés dans le mur derrière elle, ses jambes sont repliées en arrière et grandes ouvertes, elle a le cul en l'air. Sa chatte est bien en vue devant son partenaire, agenouillé devant ses cuisses ouvertes. Nous nous trouvons dans la salle de la sodomie, il ne la baise pas. Du moins, pas avec sa queue. Il utilise un énorme gode, pas dans sa chatte, mais dans son anus. Elle a les yeux fermés et halète, sa peau est luisante de sueur. Son partenaire s'approche plus près, il fait des va et vient dans sa chatte humide avec ses deux gros doigts tandis que le gode est enfoncé dans son cul. Il baisse sa bouche pour sucer son clitoris, assez fort pour que je vois sa chair rose et douce tandis qu'il la soulève et l'écartèle. Elle se cambre et gémit dans un bruit que je ne connais que trop bien, j'ai gémi de la sorte la nuit dernière, alors que je suppliais mes partenaires de me sauter. La femme est proche, très proche de l'orgasme. Je me fige et serre les jambes, je les referme sur du vide tandis qu'elle frissonne, son corps est parcouru de secousses tandis que l'orgasme déferle, il retire alors ses doigts et sa bouche, il continue de la sodomiser avec le gode.

Sa chatte est glissante et dégouline, je vois ses muscles se contracter et se détendre tandis qu'il la besogne. Il la baise. Il la prend.

La femme hurle sa jouissance et je me mords la lèvre pour m'empêcher de crier avec elle. Je ne m'aperçois pas que je sers la main de Tor de toutes mes forces, il se penche et murmure à mon oreille « Ça va être ton tour, partenaire. »

« Bonjour. » Je me tourne pour voir qui nous salue. L'homme Viken qui vient de parler porte un vêtement simple, mais sa chemise arbore un insigne signifiant qu'il est le formateur du centre. « Ce couple fraîchement accouplé termine sa séance. »

Sa remarque arrive à point nommé, la pièce résonne du second gémissement de plaisir de la femme. Tor sourit d'un air narquois et le formateur, très professionnel, garde une expression sereine.

« Le couple va partir, le temps que votre partenaire s'installe sur le banc destiné à la formation. »

Tor hoche la tête et me regarde. « Déshabille-toi s'il te plaît. »

Je regarde Tor prudemment, puis le banc sur lequel mon cul va être exposé en vue de la formation. Je ressens un mélange d'excitation et de terreur. Ça me plaisait qu'un homme puisse jouer avec mon cul pendant que d'autres me touchaient et m'embrassaient en privé. Là, j'étais moins sûre.

« Viens mon amour. On en a déjà parlé. Ma bite est aussi large que tes poignets, mais elle *finira* par rentrer dans ton petit cul vierge.

– Mais ...

– Tu as le choix. »

La perspective me réjouit. « Tu t'installes sur le banc, je t'enfonce un plug pour te dilater et te faire jouir et hurler ou tu t'installes sur le banc avec un bon gros plug anal et je te donne la fessée jusqu'à ce que tu jouisses.

– T'es pas sérieux ?

– Une fessée c'est toujours sérieux. »

Je reste bouche bée et Tor lève un sourcil. « Leah, de deux choses l'une, soit tu t'installes et tu t'en tires avec une raclée cul nu, soit tu cherches les ennuis, et j'attache tes jambes pour t'empêcher de jouir. »

Le formateur hoche la tête en guise d'approbation devant mon expression choquée mais je sais que Tor est sincère. Je tremble comme une feuille, je deviens rouge comme une pivoine lorsque le formateur me regarde avec un intérêt grandissant, il inspecte chaque parcelle de mon corps tandis que je défais ma robe qui glisse sur mes seins et mes hanches jusqu'au sol. Une fois nue, je croise le regard de Tor avec le plus de courage possible et me dirige vers le banc.

« C'est bien, Leah, » murmure Tor, toute cette situation devrait me rendre furieuse mais je repense à ses éloges, mon cœur fond et ma chatte mouille. Je veux qu'il soit heureux, je veux lui faire plaisir.

« Avec un peu d'entraînement, ce sera une excellente

femme soumise. Vous avez de la chance. » J'entends le formateur derrière moi, je lui jette un coup d'œil par en-dessous, je sais qu'il peut tout voir, qu'il va regarder ce que Tor va me faire. Je suis mécontente. Je n'aime pas sa façon de regarder mes seins, ni son regard qui s'attarde sur mon intimité toute trempée, entre mes jambes.

Il s'en fout. Il n'a pas le droit de me regarder. Je me fiche de lui plaire. Il n'est rien pour moi.

Ma colère gronde, ma chatte se contracte et mon désir faiblit. Je ne suis pas la chose de ce type. Je ne lui appartiens pas.

« Regarde-moi, Leah, » Tor me gronde, je détourne les yeux du formateur âgé et regarde mon partenaire. Son regard est empli de désir tandis qu'il me contemple, mon corps lui plaît et il ne s'en cache pas. « Il n'y a personne ici. Tu comprends ? Tu vas m'écouter. Tu ne sentiras que moi. Ça va me plaire. Tu es belle, je veux voir ton désir pour moi. Je veux qu'il te voie jouir pour moi et qu'il m'envie d'avoir une aussi belle partenaire. » Il s'approche et relève mon visage, il m'attire contre son corps musclé et place son autre main sur mes fesses. « Je veux qu'il bande en te voyant. Je veux qu'il soit au désespoir car tu m'appartiens, sachant qu'il ne pourra jamais te toucher. Tente-le par ta beauté Leah. »

Oh, oui. Je peux le faire, faire passer mon partenaire pour un dieu aux yeux de cet homme. A une condition. « Tu ne le laisseras pas me toucher ? Je ne veux pas qu'on me touche. A part toi. » Je sais que ça vient du cœur mais je m'en fiche. Mes partenaires peuvent m'attacher, me toucher, me posséder. Mais personne d'autre. Je ne fais confiance à personne d'autre, je ne veux personne d'autre.

« Fais-moi confiance. Je ne partage pas. » Rassurée par ses paroles, j'opine brièvement du chef et le laisse me guider vers le banc, l'avant de mes cuisses et mes hanches appuient dessus. Tor pose une main ferme sur mon dos, je m'installe sur la table rembourrée de bonne grâce, ma chatte est déjà trempée quand je me remémore ce que je viens de voir sur la table voisine de la nôtre. La femme qui a hurlé sa jouissance est enveloppée dans une couverture douce, elle se blottit et se repose, comblée, sur le torse de son partenaire tandis qu'il l'emporte hors de la cabane, Tor et moi nous retrouvons seuls avec le formateur.

« Votre partenaire a besoin de moyens de contention ? » demande le formateur.

Je regarde le mur face à moi. Il est recouvert de crochets, des plugs de tailles et de formes différentes y sont suspendus. Je déglutis, je me demande lequel Tor va choisir.

Tor choisit un petit plug sur le mur, de la même taille que son doigt et un autre, plus large. Ouaouh, il est *gros* celui-là, il est bosselé et comporte une espèce d'interrupteur … il vibre ?

« Leah va être une gentille fille et va prendre ce plug, il montre celui de petite taille au formateur, sans se plaindre sinon je l'attache et je lui enfonce celui-là. » Il montre le plug gros.

L'avertissement est fondé et je n'ai pas le choix.

« Prenez le pot de crème. Vous en avez assez dans votre cabane ?

– Oui merci. » Tor le pose sur une petite table bien en vue, il enduit le petit plug de substance glissante. Puis, il glisse deux doigts dans le pot et se poste derrière moi.

« Inspire, Leah. »

Je pousse un cri de surprise devant la sensation des doigts froids et glissants de Tor sur mon anus mais je ne change pas de position.

« N'hésitez pas à utiliser une grosse quantité de pommade, » commente le formateur.

Je me sens rougir tandis que le formateur poursuit ses commentaires, Tor s'attèle à mon anus, il le dilate doucement afin d'y introduire son doigt. La sensation de brûlure passée, je halète, je commence à m'empaler sur le doigt, j'ai la sensation d'être doigtée. Il se retire au moment où je commence à ressentir la joie d'être doigtée et doucement pénétrée.

Je crie mon mécontentement, mais ça ne dure pas. Il appuie l'extrémité du petit plug contre moi, qui glisse sans trop d'effort. J'ai le souffle coupé tandis qu'il l'enfonce et j'ondule des hanches pour l'accueillir mais ce n'est pas douloureux. Gênant à coup sûr mais pas pire que ceux utilisés par mes partenaires la nuit dernière.

Tor me contourne et se plante face à moi. Il repousse mes cheveux de devant mon visage et croise mon regard. « C'est bien. » Il sourit et je ne peux m'empêcher de lui rendre son sourire. « C'est trop facile. On est en formation après tout. »

Je n'ai pas le temps de lui demander où il veut en venir car il se remet derrière moi.

Je pensais qu'il allait sortir le plug enfoncé en moi mais je sens qu'il enfonce le plus large dans ma chatte mouillée. Mes jambes sont parcourues de soubresauts et j'appuie mon front sur la table, je m'agrippe aux bords avec l'énergie du désespoir tandis qu'il me pompe doucement, le gros gode effectue de lents allers-retours dans ma chatte humide, très lentement. Dedans. Dehors. Avec l'autre plug qui dilate mon cul, j'ai l'impression que celui enfoncé dans ma chatte est d'une taille phénoménale. Je suis remplie. A fond.

Tor me besogne avec, il me baise jusqu'à ce que je sois en nage, que je le supplie de jouir.

« Elle est très mouillée, commente le formateur. Vous devez être content. Certaines partenaires ont du mal à ressentir de l'excitation durant les séances de formation anale. »

Tor prend les deux plugs et commence à me branler avec, il alterne, il en enfonce un au fond et ressort l'autre presque entièrement. Je sais qu'il imite ce qui va se passer quand j'aurais les bites des deux hommes en train de me baiser, mais le formateur l'ignore. Le vieil homme a une voix fluette, comme s'il manquait d'air.

« Vous devriez branler sa chatte en gardant le plug enfoncé dans le cul. Elle se contractera encore plus étroitement sur votre bite. C'est un excellent exercice pour votre partenaire et l'expérience vous sera très agréable. »

Tor ne répond pas mais il me branle plus rapidement avec les plugs et la sensation me fait rugir, j'ignore l'autre bonhomme qui n'arrête pas de parler de ses techniques de baise. J'en n'ai rien à foutre de lui. Je me concentre sur les murmures appréciateurs de Tor tandis qu'il me fait du bien et sur le glissement humide des plugs qu'il enfonce en moi.

Je me mords la lèvre, je suis parcourue de secousses, je suis sur le point de jouir lorsqu'il les enfonce tous deux profondément ... et s'arrête.

« C'est l'heure de la fessée, vilaine fille. »

J'avais peur qu'il oublie, je le lui aurais rappelé, inutile de parler pour ne rien dire. Surtout qu'il m'a promis cette fessée devant le formateur.

Ses mains atterrissent sur mes fesses nues, je serre les dents en sentant cette étonnante douleur, ma chatte et mon anus se contractent tous les deux sur les plugs.

Oh, mon Dieu. Encore. J'en veux encore.

Je ne retiens pas mes cris tandis qu'il continue de fesser mon cul nu sans relâche, une sensation de chaleur déferle en moi à chaque fessée, à chaque douce brûlure. Je compte dans ma tête, parce que j'y suis obligée, c'est la seule chose qui me permet de conserver mon discernement tandis que le désir brûlant et la luxure chavirent mes sens.

Les larmes qui coulent sur mes joues et tâchent la table sous moi mais je n'essaie même pas de les retenir. C'est mon seul soulagement pour le moment.

« Je t'en supplie !

– Tu veux jouir ?

« Oui. Je t'en supplie. Je t'en supplie ! » Je hurle ma prière tandis qu'il change de position derrière moi et retire les deux plugs presque entièrement. Il les garde ainsi, leurs bouts à peine enfoncés, il attend que je n'en puisse plus.

« Qu'est-ce que tu veux, Leah ? »

Je ne suis plus en mesure de parler, je recule simplement contre lui, j'essaie d'enfoncer à nouveau les plugs en moi. Il n'en insère qu'un seul, mes pleurs de frustration sont bien réels tandis qu'il bourre mon anus et laisse ma chatte vide.

« J'aimerais bien avoir un peu d'intimité, j'aimerais sauter ma partenaire maintenant, comme vous l'avez suggéré.

– Bien sûr," murmure l'homme. Vu la réaction de votre partenaire, mon aide est tout à fait inutile. »

Tor continue de besogner mon anus jusqu'à ce que la porte se ferme. Il s'arrête alors, se penche sur moi, son corps musclé recouvre mes reins et mes fesses. Je m'appuie contre la table, mon corps est brûlant. « T'aurais dû le voir, Leah. Tu es tellement belle, si torride, ta chatte est toute mouillée rien que pour moi. » Sa main glisse sur mes fesses douloureuses et s'empare de ma chatte vide, je frémis. « Je suis si fier de toi. N'importe quel homme de l'univers aurait envie de toi, Leah, aurait envie de ça. » Il glisse deux doigts profondément dans ma chatte. « Envie de toi. »

Ses doigts qui glissent si intimement en moi me font l'effet d'une secousse électrique. Mon corps s'arcboute sous lui, il m'échappe totalement. Je ne peux qu'agripper le bord de la table et essayer de respirer.

Tor se lève et se retire, ma chatte me fait mal, à nouveau vide. Je ne bouge pas, j'attends tout simplement, je sais que je n'ai pas le droit de jouir sans sa permission. Je pousse presque un cri de soulagement lorsque j'entends le pantalon de Tor tomber par terre. Quelques secondes plus tard, son gland chaud se place à l'entrée de mon vagin.

« Je vais te baiser maintenant. Brutalement.

« Oui ! » Il me pénètre profondément et je pousse un cri.

– Tu aimes sentir ton cul plein, hein. » Il effectue des mouvements de pompe.

"Oui ! " répétais-je. Je sens sa grosse bite et le plug, c'est étroit, c'est tout chaud. *C'est brutal. C'est énorme.*

Chaque coup de boutoir de son énorme sexe laisse couler un peu de sperme, les parois de mon vagin en sont recouvertes, je ne sais plus qui je suis, je suis une vraie sauvage. Il aurait pu glisser ce méga plug dans mon cul, j'aurais adoré. Mon partenaire, le lien, mon cerveau part en tilt.

« J'en ai besoin, Tor. S'il te plaît, le suppliais-je.

– Tu veux quelque chose de plus gros dans ton cul pendant que je te baise ?

– Oui ! » criais-je.

Il se retire et se dirige près du mur, indifférent à son sexe en érection, tout glissant et luisant de mon excitation. Il trouve ce qui lui faut et le prend. Je déglutis et me contracte sur le petit plug. Je gémis en voyant que Tor enduit généreusement le nouveau plug de crème.

Il me retire le plus petit plug avec précaution et le remplace par l'autre, strié et bosselé. Tandis qu'il l'enfonce jusqu'à la première strie, il me pénètre avec sa bite, de deux centimètres à peine. Il arrive à la deuxième strie et s'enfonce de deux autres centimètres. Il pénètre mon anus et ma chatte d'un mouvement ample et lent, deux centimètres à la fois. Lorsque la base du plug rebondit contre mes fesses et que son gland atteint le col de mon utérus, j'explose.

Mon corps se contracte sur ces deux épaisses matraques, je m'empale plus profondément. Je suis sûre que Lev et Drogan doivent m'entendre dans tout le centre.

Tor me baise brutalement et rapidement, je jouis encore et encore, je suis si excitée, si en manque que je n'arrive pas à m'arrêter. Chaque orgasme m'emmène plus haut, la spirale de désir est telle que je griffe la table, je le supplie de continuer, ma voix est rauque à force de supplier.

« Oui, partenaire. Tu me serres tellement fort, Leah, je ne vais pas pouvoir tenir. Je vais jouir. »

Il éjacule, son sperme chaud m'éclabousse, tapisse mon utérus de sa semence spéciale, un autre orgasme se profile. Je lutte pour reprendre mon souffle, je ne peux que me reposer, comblée et épuisée. Tandis que Tor se retire, je suis épuisée et à plat ; un jet de sperme s'échappe, coule et enduit l'intérieur de mes cuisses.

Tor caresse mes fesses et je ne proteste pas lorsqu'il glisse le plus petit plug dans ma chatte. Je ne lutte pas, je n'avance aucun argument. Je lui appartiens. Complètement.

Tor ramasse ma robe qui gît au sol et m'aide à me relever, j'ai les jambes en coton, il me donne la main et m'aide à enfiler la robe.

« Tu ne retires pas les plugs ? » demandais-je tandis qu'il ouvre la porte, le soleil m'éblouit après l'atmosphère fraîche qui règne dans la cabane.

Tor secoue la tête. « Tu es en formation, Leah. De

plus, je pense que Drogan et Lev aimeront savoir jusqu'où tu es arrivée. »

L'idée de relever ma robe et de montrer aux hommes que j'ai des plugs partout me provoque un orgasme. Je halète et je ferme les yeux tandis d'une douce vague de plaisir me submerge. Une fois terminé, je regarde Tor. Il me dévisage, les yeux écarquillés.

« Le pouvoir du sperme est vraiment impressionnant. Dépêchons-nous, je bande à nouveau et je suis sûr que les autres ont besoin de toi. »

8

rogan

Je n'ai pas eu besoin de voir Leah nue et attachée sur le banc d'accouplement pour avoir envie d'éjaculer en elle. Je bande lorsque je la vois marcher d'un pas raide en revenant de sa séance avec Tor. Je sais qu'elle marche avec un énorme plug enfoncé en elle et je ne peux m'empêcher de sourire ni d'ignorer mon sexe en érection. Savoir qu'elle est si avide, si demandeuse et docile pour satisfaire nos besoins me fait bander encore plus, j'ai une envie folle de la tringler.

Putain, heureusement qu'elle n'était pas trop éloignée de nous, c'est ce qui nous a empêché Lev et moi de nous ruer sur elle pour ressentir le soulagement procuré par le pouvoir du sperme. Mais nous devons rester cachés, car que ceux qui nous verraient dans les cabanes de baise croient que Leah n'est qu'une simple femme Viken avec son nouveau partenaire. Dans notre cabane toutefois, une fois les volets baissés, on peut faire d'elle ce qu'on veut.

Nous passons la semaine à la baiser de partout, hormis sur le banc consacré à la fessée. Nous n'utilisons cet équipement que pour enfoncer dans son cul un plug définitivement plus gros ou pour que Lev la fesse ... pour le plaisir. A la fin de la semaine, nous sommes tous les trois convaincus qu'on arrivera à la sauter tous les trois en même temps sans lui faire mal, avec l'aide du pouvoir du sperme. La question n'est pas de l'engrosser, la remplir de sperme n'est vraiment pas un pensum.

A chaque fois que l'un d'entre nous l'emmène hors de la cabane, nous lui rappelons qu'elle doit jouer à la vilaine fille. Elle savoure, elle a forcé Tor à lui donner la fessée cul nu en plein air, n'importe qui aurait pu la voir. J'ai emmené Leah voir un mentor spécialiste pour lui bouffer la chatte. Je gage—et Leah aussi—qu'elle appréciera ma bouche sur sa chatte, mais nous devons sauvegarder les apparences.

Elle a adoré que je la torture pendant une bonne heure ma langue, elle n'a pas résisté lorsque je lui ai dit que je l'attacherai et qu'elle devrait écarter les cuisses en grand, que chacune de ses réactions seraient enregistrées par son mentor. J'ai écarté un genou après l'autre, elle a résisté, j'ai dû lui donner la fessée pour pouvoir continuer. Qu'elle ait joui grâce à la fessée ne fait qu'ajouter à son humiliation. Je la récompense immédiatement avec ma langue et mes doigts, le conseiller a vanté la capacité de soumission de ma partenaire.

Le fait de savoir qu'elle aime notre côté dominateur a conduit Lev à l'attacher au lit ou sur la table afin d'assouvir ses besoins. Quoiqu'elle veuille, quoique son corps réclame, on le lui donnera. Nous repoussons ses limites sexuelles et lui donnons du plaisir, inlassablement, nuit après nuit.

« Ça fait une semaine, Leah, on a reporté tant qu'on a pu. »

Nous l'entourons sur le lit où elle est allongée, splendide avec ses cheveux roux, ses formes pleinement exposées. Elle s'assoit, son corps ne l'intimide plus.

« Oh ?

– Le médecin doit t'examiner. Toutes les nouvelles partenaires subissent un examen dès leur arrivée pour détecter d'éventuels soucis de santé, mais on a tardé à te le faire passer.

– Tes seins sont différents, » annonce Tor.

Leah se regarde. Je vois le changement moi aussi.

« Tes mamelons sont plus larges, » commente Lev.

Nous nous asseyons sur le lit et l'entourons.

Une chose est sûre, ses mamelons sont bien roses et les aréoles sont plus larges. Ils ne durcissent pas comme de minuscules pierres précieuses comme avant mais restent bien gonflés et pleins.

« Tout est plus gros. Lev prend un sein en coupe dans sa main et me regarde. Je soupèse l'autre, effectivement, il est plus lourd. Plus plein.

Leah ferme les yeux tandis que nous nous amusons.

« Nous avons une bonne raison pour qu'elle voit le médecin. »

Elle ouvre les yeux. « Inutile de voir un médecin parce

que mes seins sont plus gros. C'est juste le syndrome prémenstruel.

– Plus gros ... et plus sensibles, » commente Lev, en frottant son doigt sur le téton, en m'ignorant totalement.

Chacun de nous y va de son commentaire concernant les changements que nous observons—et que nous ressentons.

« Notre sperme a pris racine, » affirmais-je.

La fierté et une grosse excitation coule dans mes veines. On l'a certainement baisée suffisamment. Je me sens viril et puissant devant les signes de sa grossesse naissante.

Elle remue la tête. « C'est trop tôt. Je vous l'ai dit, je suis sûre que c'est tout simplement le syndrome prémenstruel.

– J'ignore ce qu'est le syndrome prémenstruel. Si c'est grave, tu aurais dû nous le dire plus tôt, » lui dis-je. Elle se sentait mal depuis tout ce temps et ne nous a rien dit ?

« Rien de grave. Ça veut juste dire que je vais avoir mes— »

Son visage et son cou se teintent d'une délicieuse nuance de rose. Elle arrive encore à éprouver de la gêne après tout ce qu'on lui a fait subir, toutes les fois où on l'a possédée.

« Tes règles ? » demande Tor.

Trois visages très concentrés et légèrement inquiets dévisagent notre partenaire qui acquiesce.

« C'est pas ça, » dis-je, certain qu'elle porte notre enfant.

« Il est trop tôt pour que je sois enceinte. On le sait au bout de deux semaines au moins, » insiste-t-elle.

« Ce serait peut-être trop tôt si on était sur Terre. » Je pose ma main sur son ventre plat et imagine à quoi il ressemblera lorsqu'il sera rond. « Sur Viken, la grossesse dure quatre mois. »

Elle écarquille les yeux. « Quatre mois ? » Elle pose sa main sur la mienne.

« Ça veut dire—

– Ça veut dire qu'on doit aller voir le médecin. »

———

Leah

« Tu as très bien fait, Leah, de faire croire aux conseillers que tu nous résistais. Malgré les apparences ils sont plutôt ... indulgents, ils souhaitent que toute épouse Viken soit totalement satisfaite. »

Satisfaite n'est pas le terme que j'emploierai pour décrire le plaisir procuré par ces hommes. Bouleversée. Dominée. Protégée. Cajolée. Aimée ...

« L'examen physique est quant à lui ... différent. » Drogan me jette un regard tout en me conduisant vers la cabane du médecin. Elle est plus grande que les autres et bien intégrée parmi les arbres.

« Différent ? » L'appréhension ralentit ma marche mais Drogan me prend par le coude et me force à avancer.

« Ton corps va subir des tests et des analyses. Les médecins et les conseillers vont s'assurer qu'aucun problème d'ordre mental, de maladies physiques ou d'un manque confiance ne surgisse entre nous. Ils peuvent accepter qu'une nouvelle épouse redoute son partenaire, ou n'ait pas l'habitude d'être baisée mais ils ne toléreront pas une partenaire simple d'esprit ou ayant un problème médical non diagnostiqué. Rappelle-toi qu'ils me testent tout autant que toi.

– C'est à dire ? demandais-je tandis que nous nous arrêtons devant la porte.

– Un partenaire doit guider son épouse. Si je ne te donne pas du plaisir, si je ne te câline pas, si je ne me m'occupe pas de toi et ne gagne pas ta confiance, je suis en faute. »

Drogan relève mon menton. « L'examen médical est primordial. On va être examinés. Tu vas être poussée, incitée et testée. Ici, tu ne pourras pas faire semblant de résister. »

Sur cet avertissement de mauvais augure, il ouvre la porte et me laisse passer, la crainte ralentit mon allure tandis que je le suis à l'intérieur. La seule chose qui m'empêche de déguerpir est que je sais qu'aucun de mes partenaires ne me fera du mal sciemment.

Nous n'avons vu aucun autre couple dans les différentes cabanes de formation que nous avons visité durant la semaine, c'est totalement différent au centre médical. Je me fige dans l'embrasure de la porte d'une grande pièce, je reste bouche bée. Dans un coin, une femme a sa robe relevée, les fesses à l'air. Elles sont marbrées de rouge suite à une fessée, des marques horizontales strient également sa chair tendre. Elle a été fessée à la main mais également avec une ceinture, un bâton ou … autre chose. Elle a les mains en l'air derrière la tête, les coudes ressortent, elle se penche en avant et touche le mur avec son nez. Ceci afin que toute la pièce voit que ses fesses portent la marque de la punition.

Un homme qui doit probablement être son partenaire et un autre en uniforme se tiennent à côté d'elle, ils discutent de sa désobéissance et du programme de formation qui s'étalera sur plusieurs jours. Je m'agite, ils parlent d'elle comme si c'était un … objet.

« C'est bon, Alma, c'est bon. »

La voix me fait tourner la tête. Une femme à genoux fait une fellation à un homme, sa bite sort de son pantalon.

« Garde ta tête droite. Je vais éjaculer dans ta bouche quand j'en aurais envie. » L'homme attrape la tête de la femme pour qu'elle ne bouge pas, sa bouche est grande ouverte sur sa grosse bite.

« Vous étiez inquiet concernant son réflexe de haut-le-cœur. » Un homme en uniforme se tient perpendiculairement au couple et les regarde d'un air détaché. « Montrez-moi. »

L'homme donne un coup de hanche, son sexe pénètre presque complètement dans la bouche de la femme. Elle lève les mains et repousse les cuisses de son partenaire tout en écarquillant les yeux. Il se tient immobile une seconde, se retire sans toutefois sortir complètement de sa bouche. La femme respire avidement par le nez et se détend.

« Oui je vois. Sa réponse est assez marquée ; toutefois, il ne s'agit pas d'un problème médical mais d'un problème de formation. Je vais dire au conseiller de vous fournir un gode afin qu'elle s'entraîne. Elle pourra l'utiliser pendant que vous la baisez et prendre du plaisir —voire jouir—la bouche pleine. »

L'homme retire sa bite de la bouche de la femme et se sert de son doigt pour essuyer ses lèvres, son regard est rempli d'admiration et de … fierté. Je vois que la femme est humiliée qu'on parle d'elle si effrontément et de façon purement médicale, mais elle se réjouit encore plus des attentions de son partenaire, surtout lorsqu'il l'aide à se relever et embrasse son front.

L'homme reboutonne son pantalon, « Merci docteur. »

Le couple vient vers nous et nous nous mettons sur le côté pour les laisser passer. Le médecin s'approche de nous et serre la main de Drogan.

« Ça fait une semaine, il était temps que nous venions vous voir, dit Drogan. Je suis sûr que vous comprendrez les raisons de notre retard. »

Le médecin hoche la tête. « Certainement. Les différents conseillers ont fait de bons rapports concernant les progrès de votre partenaire.

– Oui, elle était assez réticente à l'idée de subir cet examen de prime abord, plus particulièrement quand je lui ai bouffé la chatte mais c'est désormais le cadet de ses soucis. »

Je rougis violemment au souvenir du plaisir implacable que Tor m'a procuré dans la cabane de formation, les jambes entravées et grandes ouvertes afin que je ne puisse opposer aucune résistance. Le rouge me monte aux joues, notamment lorsque je les entends parler de moi. Je ne lui appartiens pas mais il parle de moi comme si c'était le cas.

« Je suis là, » grommelais-je en regardant Drogan de travers.

Le médecin garde le silence mais arque un sourcil.

« Je fais en sorte qu'elle change de comportement mais c'est ... compliqué. »

On dirait que Drogan parle d'un chiot mal dressé.

« Quel type de punition avez-vous appliqué ?

– La fessée bien évidemment.

– Certains se servent de l'anus de leur partenaire pour obtenir obéissance. »

J'aimerais tuer ce médecin, mais je suppose que le terme *récalcitrante* ne serait alors plus approprié.

Drogan glisse sa grosse main sur mes fesses. « Je suis ravi de vous informer que mon épouse aime bien trop la sodomie pour la considérer comme une quelconque punition. »

J'ai les joues en feu et regarde par terre.

« Ah, oui, je me souviens que vous avez passé du temps avec le formateur spécialisé dans la sodomie. »

Drogan me serre contre lui, pour me donner de l'assurance.

« Elle est très étroite. Il faudrait la dilater avant que je puisse la prendre, elle répond favorablement à la stimulation anale. J'ai hâte de voir sa réaction lorsque ma verge franchira cet orifice vierge. »

Je le regarde bouche bée. J'en ai envie moi aussi mais ... putain.

« Commençons l'examen voulez-vous ? » Le médecin se dirige vers une table semblable à celle de mon gynéco sur Terre. Je marque une pause et la fixe.

« Ici ? »chuchotais-je à Drogan. Il va y avoir du *monde* dans la pièce pendant qu'il *m'examine.* »

La femme est toujours dans l'angle, les deux hommes restent près d'elle. Un autre homme entre et ressort. Il n'y a *aucune* intimité.

« Docteur, ma partenaire répond mieux à la récompense qu'à la punition. »

Drogan se tourne vers moi, ses doigts agrippent l'ourlet de ma robe et le remonte de plus en plus, jusqu'à que le tissu repose sur son avant-bras. Je sens l'air frais sur mes jambes, mais les autres ne me voient pas. Son doigt frôle l'anneau de mon clitoris en m'effleurant, il écarte ma fente et glisse adroitement deux doigts en moi.

Je me tiens à ses avant-bras et murmure son prénom, non pas à cause du manque, mais de la gêne.

Il se penche vers moi et murmure à mon oreille afin que personne n'entende. « Je sens notre sperme en toi. Tu sais ce que ça me fait de savoir qu'on t'a possédée ? »

Sa voix pourtant calme déborde de désir. Ça le touche autant que moi mais je dois me montrer forte. J'ai du mal à penser de façon rationnelle mais je sais qu'on l'examine tout autant que moi. Il doit parvenir à ses fins pour prouver sa domination et je dois prouver que je suis sa partenaire. Ça ne va pas être bien compliqué vu la façon dont ses doigts experts commencent à exciter mon point G. « Tu vas jouir pour moi puis tu laisseras le médecin t'examiner. Tout simplement, d'accord ? »

J'appuie mon front contre sa poitrine et plante mes doigts dans ses biceps. « Oui ! » hurlais-je. Mon orgasme a été si rapide que j » n'ai pas pu me taire.

Je halète tout en essayant de reprendre mon souffle,

de récupérer. Drogan retire ses doigts et laisse tomber la robe par terre. Je relève le menton, il lèche ses doigts tout luisants de mes fluides.

« Ça ne fait aucun doute, docteur, le lien est puissant.

– Aucun, effectivement, la puissance du sperme est élevée.

– C'est mon sperme, lui répond Drogan. Je crois qu'elle est enceinte. »

Je suis trop comblée pour être gênée, Drogan me retient, son corps fait écran afin que personne ne me voit, je lui en suis reconnaissante.

« J'enregistre cette patiente docteur ? questionne un homme que je ne vois pas. Je présume qu'il s'agit de l'autre homme en uniforme.

« Non, merci. Je m'en occuperai quand j'en aurais terminé avec elle. Si elle est enceinte comme l'affirme son partenaire, il faudra remplir des formulaires supplémentaires.

– Comme vous voudrez, » répond l'homme. Je l'entends s'en aller.

« Puis-je l'examiner à présent ? demande le médecin.

– Oui, un examen externe exclusivement. Je ne permettrai à aucun homme de la toucher, pas même un médecin. »

9

Lev

« Alors ? » demande Tor au retour de Drogan et Leah. Je me suis douché pendant leur absence et je ne porte que mon pantalon. Je suis pieds nus sur le parquet.

Drogan tient Leah par la main, elle semble ravie et choquée à la fois. Mon frère hoche la tête et un sentiment étrange m'envahit. Comme si ma vie avait subitement un sens. Il y a une semaine j'étais dans le Secteur Deux, seul. Je me retrouve avec deux frères que je respecte, une partenaire pour laquelle je brûle de désir et un futur enfant.

« Un peu moins de quatre mois, » confirme Drogan.

Tor s'approche et tire les cheveux de Leah. Il le fait gentiment, elle rejette la tête en arrière, il l'embrasse et la dévisage intensément. « On ne va pas être tendre pour autant avec toi. »

Je m'approche, pose ma main sur son ventre encore plat. « Il a raison. Toutefois, je doute qu'on se serve encore du banc destiné à la fessée. »

Drogan rit. « Je suis certain que tu trouveras d'autres solutions, » répond-il.

– Je vais lui en administrer une séance tenante. »

Leah fait mine de reculer mais Tor la tient. « Tu vas me donner la fessée ? Pourquoi ? »

La surprise et l'excitation se lisent dans ses yeux. Elle ne peut le cacher, elle aime le pouvoir que j'exerce sur elle. Elle aime la fessée, la douleur que ça lui procure, cette grisante sensation de soumission.

« Parce que c'est mon droit. Je recule. La bite de Tor réclame ton attention, Leah. »

Mon frère relâche son étreinte et prend l'une des chaises du salon. Il l'éloigne de la table, la retourne et s'assoit à califourchon dessus. Il défait son pantalon et écarte les genoux. Leah se lèche les lèvres lorsqu'elle voit sa verge libérée et qu'il commence à se masturber.

J'indique Tor du menton. « Suce-le, Leah. »

Elle écarquille les yeux et se dirige vers lui. Elle se met à quatre pattes sur le sol dur mais il secoue la tête. « Tes mains, ici. » Tor tape sur ses cuisses musclées.

Elle fronce légèrement les sourcils mais obéit, elle se penche et pose ses petites mains selon ses instructions. J'arrive par derrière et soulève sa robe, le tissu remonte sur son dos. Je passe un bras sous sa taille, je la fais reculer afin que son cul soit bien en l'air et que sa tête soit placée au-dessus de la bite en érection de Tor. Tor récupère une goutte de liquide séminal sur son doigt et le passe sur les lèvres de Leah. Elle le suce et gémit.

Je prends de l'élan et lui assène une rapide claque sur les fesses. Une empreinte de main rose marbre instantanément ses fesses. Bien qu'ayant le doigt de Tor dans sa bouche, elle pousse un cri.

« Suce-le, Leah. »

Tor retire son pouce de sa bouche et agrippe la base de sa queue, il la lui tient. Elle baisse la tête, ouvre la bouche et enroule sa langue sur le gland dilaté, elle donne un petit coup sur l'anneau.

Je jurerais pouvoir sentir sa petite langue chaude sur ma propre bite et je rugis. Drogan s'agenouille derrière elle et glisse ses doigts entre ses lèvres humides, il l'excite. Elle rugit. Il se met de côté, ma main s'abat sur ses fesses. Je n'ai pas frappé fort mais le bruit retentit dans la pièce.

« Prends sa bite profondément dans ta bouche, Leah, » ordonnais-je.

Elle replie ses bras et baisse la tête, elle prend la bite de Tor entièrement dans sa bouche, gloutonne comme pas possible. Elle gémit lorsque Drogan lui enfonce le plug dans le cul, elle s'y est habituée à force de formation.

« Je vais pas tenir longtemps si elle continue à gémir comme ça, » dit Tor, sa main plongée dans ses boucles rousses.

Drogan retire le plug, nous regardons son anus béant, le plug l'a bien dilatée. Son corps menace de se refermer mais Drogan introduit son doigt glissant dans son cul afin de l'en empêcher, pour la tester.

« On la prendra ce soir. Ça te plairait, Leah ? »

demande Drogan, il commence à la doigter doucement, s'enfonçant peu à peu de plus en plus profondément dans son cul. « Tu préfèrerais que ce soit plutôt la bite de Lev que mon doigt ? »

Je la frappe à nouveau. « Drogan t'a posé une question. »

Elle délaisse la bite de Tor pour répondre, « Oui, j'aimerais bien.

– Je vais te fesser jusqu'à ce que tu suces tout le sperme des couilles de Tor et que tu l'avales. Vu que notre enfant grandit dans ton ventre, le sperme n'a nulle part où aller désormais. »

Je commence à la fesser, pas trop fort, je fais attention bien que je sache que ça ne fera pas de mal au bébé. Le fait qu'elle sache qui commande vaut toutes les punitions du monde. Pour le moment elle fait une fellation à Tor et je lui donne la fessée, Drogan la sodomise avec son doigt, elle est toute puissante. C'est elle qui nous a rassemblés, elle qui va donner naissance au futur chef Viken, elle qui a dérobé nos cœurs.

Son cul prend une belle teinte rosée, elle agite ses hanches et se tortille, elle s'empale sur le doigt de Drogan.

« Tu vas jouir, Leah. Tu vas jouir pendant que je te sodomise. »

Le lien qui nous unit est incroyable. Cette femme, cette femme magnifique, brillante et audacieuse nous appartient. Elle nous comprend. Elle nous permet de lui faire des trucs osés et pas sages du tout. Elle jouit pour nous.

Tor ne met pas longtemps—je ne m'y attendais pas,

on dirait des petits jeunes en rut autour d'elle—Leah jouit à son tour, la bouche remplit par cette énorme bite, le sperme coule au fond de sa gorge, jusque dans son ventre. Elle s'empale sur le doigt de Drogan et je vois son excitation dégouliner de sa fente vide.

On va la prendre maintenant, encore et encore, non pas pour avoir un nouveau chef, pas pour Viken, mais pour nous. *Pour elle.*

———

Leah

Je n'ai pas tardé à découvrir que la grossesse m'épuisait. Il paraît qu'attendre un bébé neuf mois est épuisant, moi j'en mets seulement quatre et ça me pompe toute mon énergie. J'avais imaginé que le médecin saurait le sexe du bébé quand il a confirmé ma grossesse. Mais cette planète est apparemment étrange, du moins en ce qui concerne le quotidien, la race Viken choisit de ne pas savoir le sexe du futur bébé. Je ne connais pas les lois en vigueur sur Viken et si une femme peut gouverner la planète, mais ne pas connaître le sexe du bébé m'inquiète.

Mes partenaires semblent très heureux de la puissance de leur sperme et de leur virilité, la fellation de Tor terminée, ils me portent sur le lit et me sautent toute la journée à tour de rôle. On dirait que la puissance du sperme ne s'amenuise pas malgré ma grossesse. Je suis plus avide que jamais. Les hommes aussi, ils continuent de s'amuser avec mon anus, afin de s'assurer de pouvoir me baiser tous en même temps. Je suis prête à accueillir la bite de Lev pour la sodomie mais j'ai un peu d'appréhension concernant la double pénétration. Ils me distraient, ils me réveillent de mes petites siestes en touchant mon corps, ils regardent mes seins grossir et devenir plus lourds, mes mamelons s'élargir et foncer, mon ventre qui commence à s'arrondir légèrement - d'après eux. Ce qui m'arrive est si inhabituel que ça me rend presque folle.

Ils avaient l'intention d'effectuer la cérémonie d'accouplement après le repas mais je me suis endormie. La seule chose dont je me souvienne est que je me tourne sur le côté et je sens l'odeur pénétrante de leur sperme mélangé, l'intérieur de mes cuisses est tout glissant.

Je ne suis pas réveillée par des mains caressantes et des lèvres douces, mais par des mains vigoureuses qui m'attrapent et me jettent au sol. Je me réveille complètement lorsque je me cogne la hanche en tombant par terre, le corps massif d'un homme me protège.

« Qu'est-ce qu'il y a ? Drogan ! » criais-je. Je le sens, leur odeur à tous les trois est très reconnaissable, même dans le noir complet.

« Tais-toi, » me siffle-t-il. Le ton est doux mais n'admet pas de réplique, je me fige.

J'entends qu'on se bagarre, des pas lourds résonnent sur le parquet. Il ne s'agit pas de Tor et Lev, mais de deux autres personnes.

« Trouvez-la et tuez-les, » dit la voix. La voix est rauque, rude et menaçante.

Je vois le reflet de l'épée acérée de Drogan, il la tient

de la main qui me protège, nous mettant ainsi, moi et le bébé, à l'abri.

Le bruit du corps à corps, des rugissements, le bruit métallique des armes sorties de leur fourreau emplit l'air. Drogan me pousse sous le lit, son corps fait écran. Le seul moyen de m'atteindre est de passer sur Drogan ou de plonger sous le lit.

Je vois des jambes foncées s'approcher de là où je suis. Un grognement, une respiration sifflante et le corps s'écroule. Je ne vois qu'une épée noire et je panique, j'ai peur qu'il s'agisse de Lev ou de Tor. Je pousse Drogan pour essayer de sortir de dessous le lit afin de les aider mais impossible de le faire bouger. Je commence à me tortiller par terre sous le lit pour atteindre l'autre côté mais une main forte et implacable se pose sur ma hanche et m'empêche de bouger.

« Trouvez-la, entendis-je.

– Vous la voulez vivante ? Et si on les tuait tous ? »

Je retiens mon souffle devant la froideur logique de cette question, mon cœur bat à cent à l'heure, je suis paniquée. Ces envahisseurs veulent assassiner mes partenaires et me capturer ? Pourquoi ? Et où sont Tor et Lev ? Vont-ils bien ? Sont-ils dehors, un poignard planté dans le cou ou une flèche dans la poitrine ? Je ferme les yeux, la douleur me submerge littéralement, je ne m'en serais pas crue possible, ne connaissant mes partenaires que depuis quelques jours à peine.

Mais ils sont à moi. *A moi*. Et l'idée qu'on les tue m'est insupportable.

« J'ai besoin de cet enfant. Trouvez-la. Tuez les hommes. Une fois qu'elle m'aura donné ce que je veux, je me chargerai d'elle. Aucune femme ne régnera sur Viken. Il n'y aura *pas* d'unification. »

Je ne compte pas régner sur Viken ! Il pense à quoi ce taré ? Je n'y comprends rien, j'ai bien compris qu'il compte nous tuer par contre. Il veut tuer mes partenaires, prendre l'enfant et *me* tuer après.

Je devrais paniquer mais ce traître devra d'abord se débarrasser de mes partenaires et j'ai confiance en eux, en leur force et en leur intelligence. Ils seront certainement plus rusés que ces traîtres ? Il le faut. Ils ne peuvent pas m'abandonner. Pas maintenant. Jamais. Si l'un d'eux devait mourir, je n'y survivrais pas.

On se bat, les hommes grondent et s'insultent. Je me raidis mais la main ferme de Drogan me protège, j'entends le bruit des combats au dehors, la porte s'ouvre en grand et bat contre le mur. Je vois le ciel lumineux par la porte ouverte et les jambes d'un homme qui s'enfuit.

Un autre corps tombe par terre, à quelques pas de moi. Je tourne la tête en voyant ses yeux vitreux, le sang qui sort de la bouche et la dague enfoncée dans sa poitrine. Je me mords la lèvre et me concentre sur la main réconfortante de Drogan sur ma hanche, son épée à la lame redoutable prête à tuer quiconque s'approcherait de nous.

J'essaie de ne pas respirer, je crains que mon tremblement ne s'entende dans le chalet redevenu subitement silencieux.

« Tue-le, Lev ! Ne le laisse pas s'échapper. » J'entends la voix grave et profonde de Tor, je me détends pour la première fois sous la poigne de fer de Drogan. Je suis soulagée lorsque je réalise que mes trois partenaires n'ont pas été blessés.

« Laissez-le moi, » rugit Lev. J'entends le sifflement d'une flèche, un cri de douleur et un bruit sourd lorsque le corps de l'homme qui s'enfuit heurte le sol de plein fouet.

« Joli tir. La voie est libre Drogan. Leah va bien ? » Les bottes de Tor s'approchent du lit, j'attrape sa cheville d'une main tremblante, je suis reconnaissante de pouvoir le toucher, de savoir qu'il est sain et sauf.

Drogan se glisse par terre, il m'attrape par la hanche et me force à lâcher Tor tandis que Drogan m'extrait de sous le lit. Il se relève, m'attrape et me remet sur pied.

« Lumière ! crie Drogan. Allume cette putain de lumière. »

J'entends des bruits de pas, la pièce s'éclaire d'une lumière pâle et j'en profite pour examiner mes partenaires. Lev et Tor sont éclaboussés de sang mais ils ne sont pas blessés. Leur regard est rempli d'une rage sourde que je ne leur ai jamais vue. Cette lueur aurait dû me terroriser, mais non. Cette colère sourde m'a protégée et m'a permis de rester en sûreté.

Drogan me regarde tandis que Tor se place à côté de moi, le souffle court. Ils me touchent mais c'est Tor qui me pose la question. « Tu es blessée ? »

Je ne leur accorde pas mon attention, je regarde Lev, dont la silhouette se détache dans l'encadrement de la porte. Je veux tous mes partenaires à côté de moi. J'ai besoin de les sentir, de savoir qu'ils sont bien vivants, à moi. Lev a dû le sentir parce qu'il vient vers moi et caresse ma joue tandis que les autres vérifient que je ne sois pas blessée. Je recherche le contact de sa main un bref instant et nos regards se croisent. Je pense à lui, ma confiance en lui brille dans mes yeux. Inutile de leur cacher quoi que ce soit, pas à ces hommes aux mains dominatrices aimant avec fougue.

Lev touche doucement mes lèvres avant de se détourner. Quelques instants plus tard, ces longues enjambées le conduisent sur l'herbe, à l'extérieur de la cabane.

« Leah, demande Tor d'une voix insistante. Tu es blessée ? »

Je réponds par la négative. « Non. Je ne suis pas blessée.

– Le bébé ? » demande Drogan en posant sa main sur mon ventre.

Je mets ma main sur la sienne et prend le temps d'être à l'écoute de mon corps. « Il va bien. Mais que ... que s'est-il passé ? »

Lev nous appelle de l'extérieur et Tor me prend dans ses bras.

« Je peux marcher, » murmurais-je, mais je laisse ma joue posée contre sa poitrine chaude, heureuse d'être dans ses bras. Mon adrénaline a chuté et je me sens lasse.

Tor enjambe un corps et se tourne vers moi, il me cache les yeux avec sa main. « Ne regarde pas, Leah. » Je ne lutte pas, je me détends simplement dans ses bras et écoute le battement régulier de son cœur contre mon oreille. Une sensation de chaleur et de sécurité m'envahit. Je n'ai jamais rien ressenti de tel de toute ma vie avant d'arriver ici, sur Viken, avec ces guerriers qui ont fait de moi leur partenaire. Je n'ai pas qu'un seul partenaire pour me protéger et prendre soin de moi. J'ai les trois hommes les plus forts de toute la planète. Leur pouvoir indéniable, leur force coule en moi, je pose mes mains sur mon ventre, heureuse, pour la toute première fois. Je porte leur enfant, un magnifique et merveilleux enfant. Et ces hommes prendront soin et protègeront mon bébé aussi farouchement qu'ils m'aiment.

Tor s'arrête devant la porte, Drogan se place à côté de Lev. Dans l'aube lumineuse, je vois le corps sur le sol, une flèche plantée dans son flanc ; c'est le médecin.

Pourquoi voulait-il tuer mes partenaires ? Pourquoi trahirait-il son propre peuple ?

———

Drogan

Je suis un guerrier. J'ai vu la mort de près, amis et ennemis confondus. J'ai tué. J'ai sans aucun doute du sang sur les mains, je suis blasé et aguerri au danger. Du moins c'est ce que je croyais. Lorsque les hommes ont fait irruption dans notre cabane, leurs couteaux étincelants sous la lueur des deux lunes, la crainte s'est emparée de moi. Je n'étais pas inquiet pour mes frères ou moi mais pour Leah. Elle est innocente et pure, elle porte notre enfant.

Je donnerais ma vie pour la protéger. Ainsi que mes frères. C'est ce qu'on a fait. Les autres sont morts. Je m'arrête près du premier homme et le retourne. Du sang coule de la lame saillante que Tor lui a plantée dans le cœur. Tor n'aurait pas laissé la vie sauve à cet homme, il estime qu'un homme ne doit éprouver aucune souffrance avant de mourir. Il lui a porté un coup fatal, efficace et rapide. L'homme n'a rien vu venir. Il en a tué deux, le troisième a eu la nuque brisée.

C'est tout Lev. Il manie son arc avec dextérité mais semble retirer une certaine fierté de sa capacité à achever un homme à mains nues.

Je suis Lev dans l'herbe vers l'homme étendu au sol et haletant. Je reconnais le bruit de la douleur, de la peur. De la colère. Il se met sur le côté et sur le dos pour nous regarder. Une flèche est plantée dans son flanc, juste sous la cage thoracique. Il ne vivra pas longtemps, non pas à cause de ses blessures qui seraient aisément soignées dans un dispensaire mais parce que je le tuerai une fois qu'il nous aura répondu. Le médecin a osé s'en prendre à Leah. Il va mourir.

« Pourquoi avoir fait ça ? Pour qui travaillez-vous ? » demandais-je.

Il plisse les yeux. Son visage est trempé de sueur, il agrippe la flèche qui a pénétré dans son corps, ses doigts sont couverts de sang.

La douleur étouffe son rire. « Pour ceux qui veulent un monde meilleur pour Viken. »

Lev indique la cabane d'un mouvement de tête. « Ces hommes sont morts. Vous êtes le prochain.

— Ma mort n'a aucune importance.

— Qui dois-je tuer alors ? » demandais-je en me mettant près du médecin. Le ciel se dégage brusquement et le sang rouge foncé contraste sur l'herbe verte sur laquelle il est allongé.

« Moi. » Nous tournons la tête en direction de cette voix qui provient des bois.

C'est Gyndar, le vice-régent. Il n'est plus posé, calme et insipide. Son attitude prend tout son sens lorsqu'il s'avance vers nous dans sa longue robe blanche fluide, telle qu'en portaient les rois jadis, il nous met en joue avec un pistolet dernier cri. Le plan du régent, l'attaque de Viken United, l'assassinat. Gyndar est avide de pouvoir.

« On te gêne n'est-ce pas ? » demandais-je. J'essaie de garder mon calme, de m'empêcher de serrer les poings alors que j'aimerais lui sauter dessus et lui briser le cou. Lev doit certainement penser comme moi. Je ne suis pas surprise de voir cet homme armé mais ça ne colle pas avec l'image que j'ai de lui. Gyndar est plutôt du genre à agir sournoisement, il laisse les autres faire la sale besogne à sa place. D'ailleurs, le médecin est en train de crever dans l'herbe tandis que Gyndar marche librement.

« Je devais attendre que le vieux crève. » Il hausse nonchalamment les épaules.

« Mais les plans ont changé."

Il hoche brièvement la tête. « Oui, les plans ont changé. Ç'aurait été plus simple si vous aviez choisi une épouse Viken, les rapports entre les différents secteurs auraient été équilibrés. Une épouse et votre coopération mutuelle ? Ça a tout fait foirer. »

J'ignore où Tor a amené Leah mais j'espère qu'elle est loin, très loin. Gyndar ose se montrer à visage découvert, ça prouve qu'il n'est pas seul. D'autres ennemis se cachent dans les bois. Ils attendent.

« Et nous avons disparu. » Il faut absolument que je le

fasse parler, pour donner une chance à Tor de mettre Leah en sûreté.

« Exact, mais j'ai des sympathisants partout. Gyndar jette un œil vers le médecin blessé. Partout. »

Ainsi donc, notre plan pour cacher Leah a fonctionné jusqu'à l'examen médical. Nous avons mis Leah en danger parce que nous étions inquiets pour sa santé. C'est stupide. On aurait dû faire appel à mon médecin personnel, celui du secteur. Je lui voue une confiance aveugle. On aurait pu éviter cette situation si on avait fait plus attention.

« Où se trouve votre ravissante partenaire ? Je crains qu'elle ne doive me suivre.

– Non, dit Lev sur un ton irrévocable. Nous amenons notre partenaire sur Viken United, nous gouvernerons ensemble jusqu'à ce que notre fille soit en âge de régner. »

Je jette un œil en direction de mon frère. Il croise mon regard et continue de se moquer de nos ennemis. « Le bébé est bien une fille n'est-ce pas docteur ? L'un de vos hommes a laissé échapper—avant de mourir—qu'il était hors de question que le pouvoir soit aux mains d'une femme. Il ne parlait pas de Leah, il faisait allusion au *seul et unique chef.* »

Une fille. On va avoir une fille. Si elle ressemble à Leah, on va avoir des problèmes tous les trois. Je serre les poings. Comment cet homme ose-t-il mettre ma partenaire et ma *fille* en danger ?

Gyndar fait un simple geste du bout des doigts et les hommes que je savais embusqués sortent du bois. Ils sont une bonne dizaine, armés jusqu'aux dents et bien déterminés à nous tuer.

Gyndar hoche la tête en direction d'un homme posté deux pas en avant par rapport aux autres, leur chef apparemment. « Tuez-les et trouvez la femme. Je la veux vivante.

– On se reverra en enfer, » grondais-je, tout en bondissant vers l'homme qui compte détruire ma famille.

10

J'ATTIRE Leah ailleurs afin qu'elle ne voie pas la scène qui se déroule devant nous. Je pose ma main sur sa bouche et l'attire en arrière à couvert dans les bois tandis qu'elle se débat comme une possédée. Avoir été plaquée au sol et protégée par Drogan, tandis que Lev et moi nous battions contre les hommes venus pour la tuer ne l'a visiblement pas effrayée. Tandis que je l'entraîne à l'écart du champ de bataille, mon cœur se gonfle de fierté devant l'acharnement de notre partenaire.

Des lames fendent l'air, les hommes se battent à mains nues, l'heure n'est pas aux questions, à savoir qui attaque la cabane ou pourquoi. Il est devenu évident lorsque nous avons découvert que le médecin faisait partie d'un groupe. Qu'un homme chargé de veiller sur la santé et le bien-être de tant d'épouses ait tenté de tuer notre partenaire me rend malade. Mais pas autant que Gyndar, notamment lorsque j'ai appris qu'il comptait voler notre enfant et nous tuer.

Je l'attrape par la taille, pose une main sur sa bouche, nous contournons la cabane le plus silencieusement possible et nous réfugions dans les bois. Je suis en mode guerrier mais ça ne m'empêche pas d'apprécier son souffle sur ma main, les battements de son cœur sur mon avant-bras et son poids. Ça prouve qu'elle est saine et sauve. J'ai l'habitude de combattre l'ennemi—les deux hommes que j'ai tués gisent par terre dans notre cabane —mais une mission plus importante m'attend, mettre Leah en sûreté. Lev et Drogan s'occupent de Gyndar. Ils s'occupent de la menace qu'il constitue et me font confiance pour mettre notre partenaire en lieu sûr.

J'atteins les arbres, je ne la pose pas par terre, je la soulève doucement dans mes bras et murmure à son oreille. J'ignore combien d'hommes Gyndar a amené avec lui mais je doute qu'ils se soient tous montrés. Je doute qu'on ait tué la moitié de ces assassins. « Ne dis pas un mot. »

– Mais Drogan et Lev ! » murmure-t-elle, les yeux écarquillés par la peur, non pour elle-même mais pour mes frères.

La chaleur qui envahit ma poitrine n'a rien à voir avec le désir mais plutôt avec la douceur, cette inquiétude toute naturelle que je vois dans ses yeux. Si elle aime mes frères, il doit bien y avoir une petite place pour moi dans son cœur.

« Je ne veux rien savoir. Aie confiance, mon amour. Ce sont des guerriers et non des politicards prétentieux qui portent des robes. » Je lui souris, stupéfait par sa force mentale. « Ne dis rien. Ils me font confiance pour te mettre en sûreté Leah. Ne cherche pas querelle. »

Elle hoche la tête et ne se débat pas lorsque je l'installe dans mes bras dans une position plus confortable. Elle n'a pas crié lorsque je l'ai emmenée, le calme qui s'empare de son magnifique visage me sidère. L'instant d'avant elle dormait parmi nous, l'instant d'après on l'attaque, elle apprend que le régent Viken a été assassiné pour des motifs personnels et politiques … elle est la prochaine sur la liste. Elle est bel et bien la *seule* personne sur Viken capable de faire capoter les plans de Gyndar. Si mes frères et moi mourrons, l'enfant qu'elle porte est le seul obstacle au pouvoir de cet homme. Evidemment, Drogan, Lev et moi pouvons unir nos forces et diriger mais les différents secteurs ne seront pas unifiés conformément à nos souhaits—comme l'aurait souhaité le régent—sans leur futur chef, incarnation physique des trois secteurs. La seule et unique héritière.

Ma fille. Notre fille.

Une fois Leah bien calée dans mes bras, j'enjambe d'un pas assuré les rondins de bois, les pierres et les souches et me dirige vers la grève. Lev ne serait plus le seul à administrer des fessées dans cette famille. Elle obéit lorsque sa sécurité est en jeu. Il ne fait aucun doute qu'elle écoutera encore mieux lorsque ses fesses auront pris une belle teinte rose vif. Sa peur est fondée et je suis inquiet pour mes frères. Ils sont plus nombreux qu'eux. Quand j'ai amené Leah, Drogan plaquait Gyndar au sol. Vu son regard innocent, on aurait dit que ses deux partenaires allaient forcément mourir. Je ne connais pas mes frères mieux qu'elle mais je sais comment ils ont été élevés, je connais leur façon de se battre et je sais pourquoi ils se battent. Ils survivront et Gyndar sera anéanti.

Pendant ce temps, je dois l'amener sur Viken United, en terrain neutre, dans cette maison vide qui nous attend.

Leah

On dirait que Tor est aussi calé que son frère pour pagayer. On me dépose dans un petit bateau, semblable à celui sur lequel je suis arrivée et Tor nous amène sur Viken United. Une fois au large et après nous être assurés de ne pas être suivis, il m'indique notre destination. Je me pose des questions durant le trajet sur Drogan et Lev, le médecin, je vois désormais Gyndar—je connais cet homme, il était présent lorsque je suis arrivée sur Viken —sous un tout autre jour. Ce n'est plus le vice-régent. Il ne fait plus office de décorum. Il veut me voler mon enfant et me tuer, tous nous éliminer.

Mes partenaires s'occupent de lui. Je m'inquiète pour eux mais je suis fière de mes guerriers. Ils sont les vrais chefs de Viken, ils se sont unis et ont fait front face à la menace mortelle. Pour moi. Pour notre enfant.

Tandis que Tor me rassure concernant ses frères, je reste néanmoins inquiète pendant des heures, jusqu'à ce que le stress de la journée ait raison de moi et que je m'endorme. Je ne me rappelle de rien—l'arrivée sur

Viken United, qu'on m'ait portée dans le palais des parents de Tor ni qu'on m'ait déposée dans un immense lit. Je me réveille dans un lit vide, je m'assois, Tor est assis à un grand bureau. Il laisse tomber son travail et vient me voir. Je suis complètement nue, lui est habillé de nouveaux habits.

« Comment te sens-tu ? » demande-t-il, ses mains effleurent mon corps. Son contact n'a rien de sexuel mais je ne peux m'empêcher de réagir. Mes mamelons se dressent et ma peau se réchauffe.

« Mieux maintenant. Je … Je suis inquiète pour Lev et Drogan. »

Il repousse mes longs cheveux derrière mon oreille et me regarde intensément. « Ils sont ici, ils ne sont pas blessés. »

Je regarde par-dessus son épaule mais ils ne sont pas dans la chambre.

Tor sourit. « Ils prennent leur petit déjeuner et un bain. Ils ont promis de venir dès que— »

La porte s'ouvre, interrompant Tor au beau milieu de sa phrase. Mes autres partenaires déboulent, propres, souriants et sains et saufs.

Je descends du lit sans faire cas de ma nudité et me précipite vers eux. Lev me prend dans ses bras et m'enlace étroitement. Je respire son odeur familière tandis que Drogan se place derrière moi. Je sens son corps massif derrière moi.

« On t'a manqué, partenaire ?

– Vous savez bien que oui. » Une vague de soulagement m'envahit, ils sont sains et saufs. « Et Gyndar ?

– Tu n'as plus de souci à te faire à son sujet » grogne Drogan à mon oreille d'une voix rauque. Je me tourne et il m'étreint. « Nous annoncerons aujourd'hui à la planète entière que tu es notre partenaire et que tu portes le digne héritier du trône Viken. »

Je suis sceptique. « C'est tout ? Une simple annonce et votre peuple obéira ? Certains sceptiques de l'acabit de Gyndar ne risquent pas de traîner dans les secteurs ? »

Drogan relâche son étreinte et je me retrouve entre Lev et lui. Tor s'approche de moi, je suis cernée. En sécurité. Protégée.

« Probablement, rétorque Lev. Nous sommes ici chez nos parents. Cette maison qui est la nôtre depuis le début, qui nous attendait. Le régent Bard en avait l'usufruit. Nous aurions dû unifier la planète plus tôt.

– Nos parents ont péri en essayant d'unifier les secteurs, il nous incombe de rendre à notre planète son faste d'antan Nous arrêterons d'entraîner nos hommes à se battre mutuellement et les enverrons combattre la Ruche pour le compte de la Coalition Interstellaire, afin de nous protéger, tous autant que nous sommes affirme Drogan. Aujourd'hui, nos actes ont plus de valeur que tous les discours. Nous allons annoncer la trahison de Gyndar à toute la planète et délivrer notre message. Personne n'osera s'opposer à nous, les secteurs comptent bon nombre d'alliés dévoués, en qui nous avons confiance. La planète va à nouveau prospérer et c'est grâce à toi, partenaire. »

Tor pose ses mains sur ma taille et touche mon ventre légèrement rond. Notre enfant pousse vite. « Ils verront ton ventre rond et sauront que nos paroles sonnent vraies, que cet enfant, notre fille, sera la vraie chef lorsque son heure sera venue, les puissants chefs des trois secteurs seront à ses côtés pour la guider et lui enseigner ce qui est juste.

– Tu vas annoncer la venue de notre fille à Viken maintenant ? »

Les trois hommes secouent la tête. « Pas maintenant. Plus tard.

– Une punition t'attend. » Tor me prend et m'amène vers une chaise, il m'installe afin que je sois allongée sur ses genoux. J'essaie de me débattre mais il me maintient avec insistance. Il bloque mes jambes avec la sienne et caresse mon ventre. « Ça risque d'être la dernière fois que je t'administre une fessée sur mes genoux.

– J'ai pas besoin de fessée, soufflais-je.

– Je t'avais dit de te taire et tu as parlé quand on s'est échappés de la cabane. Ta sécurité prévaut et tu t'es mise en danger.

– Je m'inquiétais pour mes partenaires ! »

Drogan et Lev se déplacent et se mettent face à moi. Lev met mes cheveux derrière mon oreille. « Je suis content de l'entendre Leah, mais Tor a raison. Ta vie était entre ses mains et ta désobéissance a rendu ta protection plus compliquée.

– Tu vas recevoir dix fessées, dit Tor en caressant mes fesses.

– On poursuivra avec la cérémonie d'accouplement, ajoute Drogan. Nous ne pouvons pas annoncer à Viken que nous sommes une famille si l'union n'est pas officialisée.

– Et je veux sodomiser ton orifice vierge. » Tout en

parlant, Tor glisse un doigt sur ma chatte et remonte jusqu'à mon anus. Mon excitation coule sur ses doigts, il l'enfonce en moi et je me contracte. « Apparemment l'idée te plaît ? » demande-t-il, tout en me donnant une claque sur les fesses de sa main libre.

La surprise me prend de court mais il ne me frappe pas trop fort.

« Compte, Leah.

– Un, répondis-je en regardant Drogan et Lev.

– Je voulais juste m'assurer que vous étiez en sécurité, » leur dis-je.

Pan.

Je prends une profonde inspiration. Elle est plus forte celle-là. « Deux, » répondis-je les mâchoires serrées.

Le regard de Drogan brille non pas de désir mais d'amour. « On le sait, mais notre devoir est de te protéger. *Ton* devoir est de protéger notre enfant. »

Pan.

Le bébé. Mon dieu, si j'avais été capturée ou blessée, le bébé aurait été blessé lui aussi. Je n'ai pensé qu'à eux. Je n'ai pas songé à ce que nous avons fait, à cet être qui grandit en moi. La petite fille. « Je suis désolée.

– Nous ne pouvons pas la protéger de la même façon que toi, » ajoute Lev. Il effleure mon visage, caresse ma joue et essuie une larme.

Pan.

« Quatre. » Je pleure. « Je suis désolée, murmurais-je. Je n'y ai pas pensé. Ce bébé, c'est, ... tellement nouveau. J'ignorais que j'aurais trois partenaires et que j'aurais peur qu'il leur arrive quelque chose. J'ignorais que j'attendrais un bébé. »

Pan.

« C'est pour te rappeler ta nouvelle vie, dit Tor. On en est à combien ?

– Cinq, » murmurais-je.

Pan.

« C'est pour te rappeler que tu as trois partenaires qui n'hésiteront pas à te donner la fessée cul nu si nécessaire. Qui te baiseront quand tu en éprouveras le besoin. Qui t'aimeront.

– Pour toujours, » ajoute Drogan.

Je pleure sans me retenir en apprenant que ces trois hommes m'aiment. Des larmes roulent sur mes joues et sur les doigts de Lev.

« Je vous aime aussi, » dis-je en sanglotant.

Tor me tape encore et encore sur tout le corps, j'ai arrêté de compter, je suis couchée sur ses genoux, épuisée. Une fois terminé, il passe sa main sur ma peau douloureuse et échauffée tandis que Lev essuie mes larmes

« C'est terminé, dit Drogan. Tu risques d'avoir du mal à nous laisser toute latitude pour nous occuper de toi mais tu y *arriveras*. » Il est catégorique.

« La mort de Gyndar ne nous met pas à l'abri d'autres menaces, d'autres dangers. Tu vas nous donner une fille, nous te protégerons. »

Lev et lui me regardent avec un tel sérieux que j'ai envie de rire entre mes larmes. Ces trois hommes peuvent assurer ma sécurité *et* gouverner l'univers. Ils peuvent tout faire ... sauf faire un bébé. C'est mon devoir le plus sacré au sein de cette famille. Une fille.

Un sentiment de puissance et de rébellion prend

naissance dans mon cœur, jusqu'à cet instant, ma fille n'était pas réelle. Elle l'est maintenant et je l'aime d'un instinct protecteur et féroce que je n'avais jamais éprouvé auparavant, même avec mes partenaires. C'est différent. Cet enfant est le mien et je leur appartiens. Je mourrai pour elle, je tuerai pour elle, je ferai tout ce qui est en mon pouvoir pour qu'elle grandisse heureuse et en bonne santé.

« D'accord. Je ne m'opposerai plus à vous. Notre fille doit être protégée.

– C'est bien, Leah. » Tor glisse sa main sur ma chatte. « Elle est trempée. »

Un grognement se fait entendre tandis qu'il me soulève et me porte sur le lit. Je ne parviens pas à voir si les autres me suivent, il m'embrasse, doucement, sensuellement, sauvagement. Sa langue glisse dans ma bouche et joue avec la mienne, il s'appuie sur moi de tout son poids, bien qu'il se retienne en prenant appui sur ses avant-bras, comme si j'étais protégée dans un cocon. Je suis en sécurité. On me désire. On m'aime.

Tor cesse de m'embrasser et s'assoie sur ses cuisses. Les autres hommes commençaient à se dévêtir.

« Nous allons rester ici, Leah, dans cette maison, avec toi, pour toujours, » lance Tor, il caresse mon corps, comme s'il le découvrait pour la première fois.

« Ici ? » demandais-je.

Drogan hoche la tête tout en retirant sa chemise, j'ai une vue imprenable sur son ventre plat, ses abdos durs comme de l'acier et sa taille fine. « C'est d'ici que nous gouvernerons. Avec toi. Avec notre fille.

– Mais d'abord mes frères, possédons-la. » Lev est le

premier à se mettre tout nu et tandis que Tor se déplace pour ôter ses vêtements à son tour, Lev prend sa place. « On va te préparer. »

Il se baisse, prend un téton bien rebondi dans sa bouche et le suce. « On pourra bientôt boire ton lait. Goûter l'essence-même de la vie. On t'a donné notre sperme, tu nous dois bien ça. »

J'ignore pourquoi l'idée que ces hommes tètent mes seins gonflés de lait m'excite mais c'est pourtant le cas. Peut-être parce que je vois Lev, en train de me lécher avec sa langue chaude et de me titiller avec sa bouche. Lev retire enfin sa bouche de mon mamelon pour tâter mon sein rebondi, Tor l'enjambe et Drogan s'installe entre mes cuisses. Ils ont tous les trois leurs mains sur moi, ils me caressent, ils me touchent, ils me découvrent.

Je lève mes mains pour toucher les cheveux soyeux de Lev et Tor, les muscles saillants de leurs bras, leur formes harmonieuses.

« Voilà où est ta place Leah. Entre nous, dit Drogan, il croise mon regard, installé entre mes cuisses. Son souffle chaud fait de l'air sur mes lèvres humides et gonflées. Je me cambre et il sourit d'un air satisfait.

« « T'as envie hein ? » Il baisse alors sa tête et me branle avec sa bouche. Il me goûte, il lèche la moindre goutte des fluides qui glissent entre mes lèvres gonflées, il effectue des cercles doucement, très doucement sur mon clitoris. Il glisse deux doigts en moi tout en branlant mon clitoris et je jouis. Avant de rencontrer mes partenaires, je ne pouvais jouir qu'en me masturbant. Et maintenant, il m'est impossible de *ne pas* jouir. Je suis si sensible, si à l'écoute que j'ai des orgasmes à répétition.

J'essaie de reprendre mon souffle, non pas que ça ma déplaise.

« Mes frères, elle est prête, » grogna Drogan.

Ils se déplacent rapidement, me retournent et m'installent comme si j'étais un fétu de paille. Lev s'allonge sur le dos et se cale avec un oreiller. Les deux autres me font asseoir sur lui, à califourchon. Lev attrape fermement sa verge et m'empale sur lui, petit à petit. Il monte et descend à plusieurs reprises, jusqu'à ce que je sois confortablement installée sur lui, mes cuisses plaquées contre les siennes.

Je me sens tellement pleine que je gémis. « C'est *trop* bon, » murmurais-je. Je ferme les yeux et pose mes mains sur sa poitrine, je savoure le contact.

« Alors tu vas trouver ça encore meilleur, » dit Tor en bougeant derrière moi. Il m'embrasse dans le cou et se blottit dans le creux de mon épaule. « Allonge-toi sur la poitrine de Lev. Voilà. Comme ça. »

Les hommes murmurent tout en m'aidant à m'installer sur Lev, mes genoux repliés et mes seins appuient sur les poils doux et bouclés de sa poitrine.

Je sens un liquide glisser le long de mon anus. Tor doigte légèrement mon orifice désormais habitué et introduit son doigt doucement. Heureusement que je me suis entraînée avec les plugs depuis plusieurs semaines, même si sur le coup, je n'ai pas vraiment adoré. Je n'imaginais pas combien cette zone pouvait être sensible, des tas de terminaisons nerveuses s'éveillent. A chaque fois que le doigt de Tor—ou l'un des nombreux plugs—glisse dans ma chair tendre, mon excitation et mon désir augmentent. Je peux jouir si on titille mon anus mais je ne pense pas pouvoir survivre à une bite qui me sodomise. Ce sera trop, trop gros, trop ... intime.

Je n'ai jamais rien partagé d'aussi intime avec personne, hormis mes partenaires. Leurs attentions rendent notre lien encore plus intense. Ça ... ça va être un truc de dingue. Cette cérémonie d'accouplement m'effraie de par son intensité qui va crescendo.

« Dépêche-toi, Tor. Je suis trop bien dans sa chatte, ne fais pas durer trop longtemps. » Lev parle à voix basse, comme s'il avait du mal à se retenir. Je lève la tête, sa nuque est tendue, ses mâchoires serrées. Son front est perlé de sueur, il fait un effort pour se retenir. Son sexe est profondément enfoncé en moi, sans bouger.

« Je meurs d'envie d'éjaculer dans ta bouche, » gronde Drogan en astiquant sa bite. Une goutte de liquide séminal s'écoule de son gland et glisse sur ses doigts.

Tor retire son doigt de mon cul et je me sens vide, mais un moment seulement, le gland tout glissant de sa verge se presse contre moi.

« Inspire, Leah, » murmure Tor à mon oreille. Une main se pose sur le lit près de l'épaule de Lev, les veines saillent sur les avant-bras musclés. L'autre se pose sur mon cul échauffé et me fait reculer, écartant mes fesses au maximum.

J'inspire profondément et me laisse aller, permettant ainsi à Tor de me pénétrer. Malgré tous les plugs et qu'il m'ait branlé avec son doigt lubrifié, mon corps refuse ce nouvel intrus. Son gland est encore plus énorme que tous les plugs que j'ai testés et je résiste. Tor lève la main et me donne un coup sec.

« Laisse-moi entrer, » dit-il.

Je halète et contracte mon anus, ma chatte se contracte encore plus sur la bite de Lev en guise de réponse.

« Putain elle est en train de m'étrangler, grogne Lev.

– Elle doit me laisser entrer sinon tu vas éjaculer et on devra tout recommencer depuis le début.

– Elle sera punie, » promet Lev.

J'ai dû mal à paraître scandalisée avec la bite de Lev en moi. « Tu vas me punir pour ça ?

– Ne refuse rien à tes partenaires, Leah, y compris ton anus vierge dit Lev. Laisse-le te sodomiser et remplir ton anus de sperme. *Tout de suite.* »

Son air sévère, sa voix rauque me font frissonner, c'est un pur régal, bien que je redoute la punition qu'il risque de m'infliger. J'ai *envie* que Tor me sodomise mais j'ai du mal.

Je jette un coup d'œil à Drogan, il hoche légèrement la tête, je pose ma joue sur l'épaule de Lev, soulève imperceptiblement mes hanches et recule. Tor se fraye petit à petit un chemin, je continue de lui tendre mon cul, lui offrant le dernier bastion qu'il n'a pas encore fait tomber.

J'inspire lorsqu'il me dilate, sa verge exerce une pression, j'entends un léger bruit et le voilà à l'intérieur. Juste son énorme gland, mais il y est. Je gémis, je ne sens pas seulement le membre de Lev mais également celui de Tor. En moi. Ils m'écartèlent. Ils me dilatent. Ils me remplissent.

« Je suis dedans, grogne Tor.

– A mon tour. » Drogan se rapproche de moi. « Regarde-moi, Leah. »

Je relève la tête, je m'installe sur mes avant-bras afin que sa queue soit juste devant ma bouche. L'anneau est gros et brillant, le petit trou au milieu suinte de liquide séminal à grosses gouttes. Sa verge est d'un violet foncé, parcourue de grosses veines saillantes. Son odeur est musquée est sensuelle, je me lèche les lèvres, j'ai trop hâte de le goûter.

Mon dieu, il va éjaculer dans ma bouche. La dernière fois que ça s'est produit j'ai eu un violent orgasme, j'ai hurlé de plaisir. Ça s'est répété à chaque fois qu'ils ont baisé ma chatte. Il est impossible de ne *pas* jouir avec leur sperme, mon Dieu, leur sperme est ... fantastique. J'en meurs d'envie. Mon corps en a besoin. Quel effet ça va me faire quand ils vont éjaculer tous les trois en moi en même temps ?

Mon corps se détend à l'idée.

« Elle est super humide. A nous de jouer, » ordonne Lev.

Drogan s'approche et j'ouvre la bouche pour accueillir sa verge. Je ne lèche pas son gland, je ne titille pas son piercing. J'ouvre grand la bouche pour lui et il s'enfonce jusqu'à ce que sa bite touche le fond de ma gorge. Mon réflexe de haut-le-cœur a diminué au fil des semaines et j'ai appris à respirer par le nez. Je sens son liquide séminal sur ma langue, ça m'excite, je les désire encore plus.

Tandis que Drogan commence doucement à branler ma bouche avec son sexe gonflé, Tor se fraye un chemin dans mon anus. Sous moi, Lev recule, ils changent de place—une bite glisse dans mon cul tandis que ma chatte se vide, ils alternent.

Les hanches de Tor se pressent contre moi tandis qu'il me sodomise. Leurs grognements se mêlent à mes gémissements de plaisir. Je n'arrive pas à garder les yeux ouverts. Je ne peux rien faire hormis m'abandonner à eux. Je suis un réceptacle, leur femme, ils me prennent par tous les trous. En même temps. Je suis la seule personne qui puisse les connecter de cette manière, nous ne faisons qu'un, nous sommes unis.

Le bébé dans mon ventre est le point d'orgue de cette connexion, la preuve physique que c'est moi et bien moi que ces hommes voulaient, ce lien est l'union idéale.

J'essaie de crier mais mon cri est étouffé par la queue de Drogan. Ils se servent de moi, tous les trois. Ils ne m'accordent aucun répit, non pas que j'en ai envie. Je sens leur pré-semence tapisser l'intérieur de mon vagin. Mon cul, ma chatte, ma bouche. Je suis désemparée, on me tourne, on me retourne.

« Je suis prêt, grogne l'un d'eux.

– Maintenant, » dit un autre. Je n'arrive pas à discerner de qui il s'agit. Je m'en fiche. Ça n'a pas d'importance. Ils ne sont qu'un. *Nous* ne formons qu'un.

« Oui, » dit le troisième.

Au signal, le rythme accélère plus vigoureusement, une fois, deux fois, ils me pénètrent tous les trois en même temps. Une bite se fourre dans ma chatte. La deuxième s'enfonce dans ma bouche. La dernière dans mon cul. Ces trois bites palpitent au rythme des orgasmes, le sperme épais et chaud jaillit et tapisse le moindre centimètre carré de mes orifices, c'est torride, ils laissent leur empreinte et je jouis. Je ne peux pas hurler, je ne peux pas bouger. Je ne peux même plus penser. Je sens ce lien qui nous unit, leur plaisir se mêle au mien. J'avale le sperme de Drogan, je l'engloutis, c'est délicieux, avant qu'il se retire. Ça coule sur le sexe de Lev, ma chatte dégouline. Je sens la queue de Tor éjaculer dans mon cul. Mon cul leur appartient, je vais les supplier de me sodomiser désormais. C'est tellement puissant, tellement vrai que je m'évanouis presque, je ne reviens à moi que lorsque Drogan retire sa verge de ma bouche, il m'essuie le coin des lèvres avec son doigt.

Il me tend son doigt, je le lui lèche, il est tout propre.

C'est au tour de Tor de se retirer doucement, Lev lui emboîte le pas. Je suis vide mais je reste affalée sur Lev, la connexion perdure. Tor s'installe d'un côté, Drogan de l'autre.

« On fait la déclaration maintenant ? » demandais-je, d'une voix trop fatiguée pour articuler correctement.

« Bientôt, mais j'ai envie de savourer notre connexion. Je ressens notre accouplement, et toi ? » demande Drogan.

Effectivement. Je les *sens*. Je hoche la tête contre la poitrine de Lev. Il caresse mon dos en sueur.

« Quoique nous réserve l'avenir, nous ferons face ensemble. Nous sommes prêts à donner à notre fille tout ce qu'elle désirera. Viken sera à nouveau unie, tout comme nous, » ajoute Tor.

Je souris d'un air satisfait. « Pas *vraiment* comme nous. » Je ne peux m'empêcher de rougir, toujours gênée par ma passion dévorante envers ces hommes, même après ce qu'ils viennent de me donner.

« Tu es l'instrument de nos retrouvailles, Leah. Tu es

la personne qui va sauver Viken, » me dit Drogan. Les autres hommes murmurent leur assentiment.

« Ça me plaît de savoir que j'ai pu vous aider. » Je me mords la lèvre.

– Mais ? » demande Tor, il voit très bien que j'ai autre chose à ajouter.

– Mais on pourrait pas s'unir ... à nouveau ? »

Tor me soulève du torse de Lev et m'installe sur le sien. Il me sourit. « T'aimes bien qu'on te prenne tous les trois en même temps hein ? »

Je hoche timidement la tête.

Il se penche et caresse ma chatte et mon cul, tous deux imbibés de sperme. « T'as pas mal ? »

– Et le bébé ? ajoute Drogan.

– J'ai pas mal et le bébé va bien. Encore les mecs, encore, les suppliais-je.

– Tout le plaisir est pour nous, dit Tor.

– Oui, ajoute Drogan. Pour notre plus grand plaisir. »

Ils me prouvent une nouvelle fois la force de notre union.

Lisez Accouplée aux guerriers ensuite!

Les circonstances ne lui laissant guère le choix, Hannah Johnson se porte volontaire au Programme des Epouses Interstellaires : la voici accouplée non pas à un, mais à deux partenaires. Ses futurs époux sont des guerriers de la planète Prillon, les hommes y sont réputés pour leur ardeur au combat et au lit.

Après avoir traversé toute la galaxie en vaisseau spatial, Hannah se réveille auprès de Zane Deston, l'immense et séduisant au possible Commandant de la flotte Prillon. Zane lui apprend qu'elle est désormais sa partenaire – et celle de son second – il veille à ce que Hannah subisse un examen intime en bonne et due forme. Son refus de coopérer avec le médecin de bord lui vaut une fessée plutôt gênante, administrée cul nu ; en constatant sa réaction physique au fameux examen, le rouge lui monte aux joues.

Hannah est sous le choc : elle devra se partager entre Zane et son second, le très séduisant guerrier Dare, elle ne peut réprimer son excitation lorsque ses deux partenaires dominateurs l'apprivoisent. Le jour de la cérémonie d'accouplement approche, Hannah se languit de ce moment avec Zane et Dare mais peut-elle donner son cœur à des hommes risquant de périr au combat du jour au lendemain ?

Lisez Accouplée aux guerriers ensuite!

OUVRAGES DE GRACE GOODWIN

Programme des Épouses Interstellaires

Domptée par Ses Partenaires

Son Partenaire Particulier

Possédée par ses partenaires

Accouplée aux guerriers

Prise par ses partenaires

Accouplée à la bête

Accouplée aux Vikens

Apprivoisée par la Bête

L'Enfant Secret de son Partenaire

La Fièvre d'Accouplement

Ses partenaires Viken

Combattre pour leur partenaire

Ses Partenaires de Rogue

Programme des Épouses Interstellaires: La Colonie

Soumise aux Cyborgs

Accouplée aux Cyborgs

Séduction Cyborg

Sa Bête Cyborg

Fièvre Cyborg

Cyborg Rebelle

ALSO BY GRACE GOODWIN

Interstellar Brides® Program

Assigned a Mate

Mated to the Warriors

Claimed by Her Mates

Taken by Her Mates

Mated to the Beast

Mastered by Her Mates

Tamed by the Beast

Mated to the Vikens

Her Mate's Secret Baby

Mating Fever

Her Viken Mates

Fighting For Their Mate

Her Rogue Mates

Claimed By The Vikens

The Commanders' Mate

Matched and Mated

Hunted

Viken Command

The Rebel and the Rogue

Interstellar Brides® Program: The Colony

Surrender to the Cyborgs

Mated to the Cyborgs

Cyborg Seduction

Her Cyborg Beast

Cyborg Fever

Rogue Cyborg

Cyborg's Secret Baby

Her Cyborg Warriors

Interstellar Brides® Program: The Virgins

The Alien's Mate

His Virgin Mate

Claiming His Virgin

His Virgin Bride

His Virgin Princess

Interstellar Brides® Program: Ascension Saga

Ascension Saga, book 1

Ascension Saga, book 2

Ascension Saga, book 3

Trinity: Ascension Saga - Volume 1

Ascension Saga, book 4

Ascension Saga, book 5

Ascension Saga, book 6

Faith: Ascension Saga - Volume 2

Ascension Saga, book 7

Ascension Saga, book 8

Ascension Saga, book 9

Destiny: Ascension Saga - Volume 3

Other Books

Their Conquered Bride

Wild Wolf Claiming: A Howl's Romance

CONTACTER GRACE GOODWIN

Vous pouvez contacter Grace Goodwin via son site internet, sa page Facebook, son compte Twitter, et son profil Goodreads via les liens suivants :

Abonnez-vous à ma liste de lecteurs VIP français ici :
bit.ly/GraceGoodwinFrance

Web :
https://gracegoodwin.com

Facebook :
https://www.visagebook.com/profile.php?id=100011365683986

Twitter :
https://twitter.com/luvgracegoodwin

Goodreads :
https://www.goodreads.com/author/show/15037285.Grace_Goodwin

Vous souhaitez rejoindre mon Équipe de Science-Fiction pas si secrète que ça ? Des extraits, des premières de

couverture et un aperçu du contenu en avant-première. Rejoignez le groupe Facebook et partagez des photos et des infos sympas (en anglais). INSCRIVEZ-VOUS ici :
http://bit.ly/SciFiSquad

À PROPOS DE GRACE

Grace Goodwin est journaliste à USA Today, mais c'est aussi une auteure de science-fiction et de romance paranormale reconnue mondialement, avec plus d'un MILLION de livres vendus. Les livres de Grace sont disponibles dans le monde entier dans de nombreuses langues en ebook, en livre relié ou encore sur les applications de lecture. Ce sont deux meilleures amies, l'une qui utilise la partie gauche de son cerveau et l'autre qui utilise la partie droite, qui constituent le duo d'écriture récompensé qu'est Grace Goodwin. Toutes les deux mamans, elles adorent faire des escape games, lire énormément, et défendre vaillamment leurs boissons chaudes préférées. (Apparemment, elles se disputent tous les jours pour savoir ce qui est le meilleur : le thé ou le café?) Grace adore recevoir des commentaires de ses lecteurs.

www.ingramcontent.com/pod-product-compliance
Lightning Source LLC
LaVergne TN
LVHW011823060526
838200LV00053B/3878